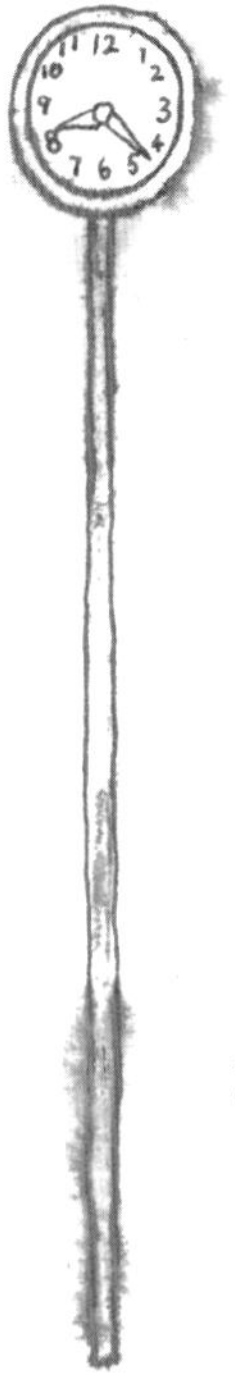

大地の花束

渡邉明弘

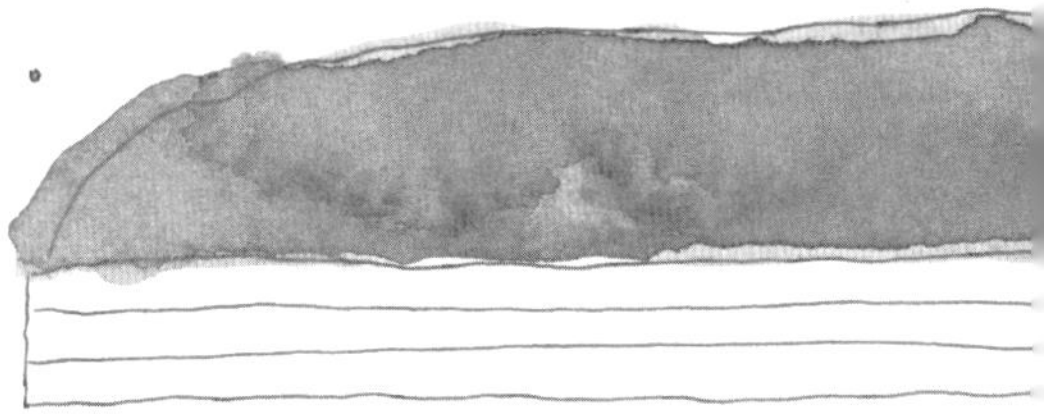

みらいパブリッシング

プロローグ

松山の空は晴れていたが、風が強く、太陽の光は時折流れてくる雲に遮られていた。外の冷たい空気は真近に迫った冬の到来を感じさせた。今年も1ヶ月で終わろうとしているが、私にとっての12月は悲しい過去の出来事を思い出させる、つらく苦しいものになってしまった。

私は、4年前のことを静かに考えていた。

あの日も、今日と同じような風の強い日だった。
大地がいなくなったのはちょうど4年前。
私は、あの日のことを一生忘れることはない。
一瞬にして私と家族の人生が変わってしまった、あの日のことを。

大地の花束　目次

第3章
大地の思い出

第4章
大地が残してくれたもの

第5章 私たちの戦い

第6章 交流

第7章 子どもたちの命を守りたい

第1章

大地との別れ

～事故当日～

思いがけない電話

２０１４年12月１日。

私は午前中の仕事を片づけ、昼休みを取ってから、次の打ち合わせに行くために席でパソコンを見ながら、必要な書類を揃えていた。

14時過ぎだったと思う。携帯電話の着信音が鳴った。携帯画面に目を移すとディスプレイに妻の名前が表示されていた。

妻は、必要なことはＬＩＮＥで済ませるのであまり電話をしてこない。だから、こんな時間に何だろう、と気になりながら席を外して廊下に出た。そして、慌てて電話を取った。

「あっちゃん！　だいちゃんが……！」

と、妻の切羽詰まった涙声が耳の奥に飛び込んできた。

妻の声を聞いた瞬間、私はただならぬことが起こっていると察した。妻の言葉を一言でも聞き漏らしてはいけないと全神経を携帯に集中させ、画面を耳に強く押し当てた。

「だいちゃんがトラックにはねられて、意識不明の状態で病院に運ばれているって警察から電話があった！　どうしよう！」

頭が真っ白になり、妻が何を言っているのか理解するのに時間がかかった。少ししてから、今まで感じたことがないくらい動揺していることに気づいた。身体からは力が抜けていき、落としそうになった携帯電話をつかみ直した。それでも、私は取り乱している妻を何とかしなくてはいけないと思い、

「落ち着いて。大丈夫、まだ何も決まってないから。運ばれた病院から連絡が来たら教えて。それまでに仕事の応援依頼をしておくから」

とだけ言って、電話を切った。

妻に落ち着いてと言ったものの、私の心臓がドク、ドク……と大きく音を立

ているのが聞こえた。頭の中では、どうする！　次はどうする！　考えろ！　と自分の言葉が駆け巡っている。

しばらくして私は、助けを求めるために母に電話をかけた。

「だいちゃんは、若いから大丈夫、大丈夫」

普段通りの明るい母の声が電話口から聞こえてきた。

やはり私にとって母の言葉は大きい。

私は、そうだ、そうだ、骨折ぐらいはしているかもしれないけれど、きっと大丈夫。きっと笑って会えるはず、と少し穏やかな気持ちを取り戻して電話を切った。

県立中央病院に大地が運ばれていると妻から連絡が入る。妻は友達の車で、病院に向かっているという。母もすぐに中央病院へ向かってくれることになった。

私は同僚に仕事の応援依頼をしていたので、すぐ仕事を切り上げるわけにもいかず、引継ぎの目途が立ったところで職場を飛び出し、病院へ向かった。

このときのことはあまりよく覚えていない。

大地のところへ一刻も早く行きたい、そんな気持ちが私の身体を動かしていたように思う。

中央病院へ向かう道中、すでに到着していた母から電話が入る。その声は数十分前に優しく諭してくれた声とは明らかに違っていた。

母は叫ぶような涙声で、

「あっくん！　早く来てあげて！　だいちゃん頭を強く打っていて、危篤だって！」

笑って会えるはず、という望みが、私の目から流れる涙と一緒にはかなく流れていく。

私はもはや自分を失いかけていた。

母に「うん、わかった……」としか返事をすることしかできなかった。目からあふれる涙で前が見えない。

私はしばらくコンビニの駐車場で泣いていた。

このままではいけない。まだ結果が決まったわけではない。病院で大地が待っている。早く行かなくてはと、気を取り直して車を走らせた。

しかし、困ったことに信号で止まるたびに涙が流れて止まらない。私は、次から次へと流れる涙をどうすることもできなくなっていた。


到着した中央病院は新しく建て替えられていて、午前中にグランドオープンのセレモニーが行われたところだった。

私は、駐車場から正面玄関までの道順がわからず、玄関を目指して一直線に走った。植え込みの小さな木を飛び越えて、車道を無理やり横切り、そして正面玄関にたどり着いた。

病院に入り、受付を見つけるとすぐに、

「救急車で運ばれた渡邉大地はどこですか？」

と尋ねた。息が切れていた。

「救急はあちらの突き当りです」

受付に座っていた女性の最後の言葉も終わらないうちに、突き当りに向かって走った。

突き当りのカウンターが見えた。

「救急車で運ばれた渡邉大地の父親です」

「調べますのでお待ちください」

えっ?!　さっき運ばれてきたばかりなのに！

自分のことで精いっぱいだった私はイラつき始めた。

そのとき、少し離れたところから妻の私を呼ぶ声が聞こえてきた。

「わかったから大丈夫です」

私は妻のいるところに走り寄った。

そこには、私の母と大地の通う農業高校の先生方が立っていた。

妻に扉の前まで案内されたが、私が到着したタイミングでは大地のいる救急処置室には入れてもらえなかった。

早く大地に会いたい、早く扉を開けて顔を見せてくれ……私は涙を流しながら、処置室の重々しい大きな扉が開けられるのを待った。

生と死の狭間で

しばらくして、学校から直接病院へ向かった次男が到着。

その後、家族がICU（集中治療室）に呼ばれた。

私は妻と次男とともにICUに入り、たくさんの医療機器につながれて横たわる大地の姿を見て言葉を失った。

ICUでは、心拍数や血圧を測定するモニターの電子音と鼻から溢れる血を吸い出す吸引器の音が狭い室内に響き渡っていた。

大地は、右耳と右肩に処置の跡が見られるが、そのほかに目立った外傷はないように見えた。近づくと、閉じられた目には力がなく、これが数時間前に元気に高校へ出かけていった大地の姿なのだろうか？

私は信じることができず、涙を浮かべながら茫然と立ち尽くしていた。

私たち３人は、担当医師から呼ばれ、大地の容態について説明を受けた。

まず、頭部のレントゲン写真を見せてもらう。頭部の右側の骨に深く円形のヒビが入っている。１センチ程度だけかろうじてつながっていて、今にも穴が開いてしまいそうになっていた。

「脳内の出血が止まらず、脳の機能がほとんど失われ、心臓の動きだけで生命を保っている危険な状態です。回復の見込みは薄いと思われ、今晩が山場です」

と、医師は言った。

私は、ショックで涙が止まらなくなってしまう。

大地のところに戻るが、生死をさまよっている大地を前に私にできることは何もない。つらくもあり、もどかしくて胸が張り裂けそうになる。強く触ってしまうと、心臓が止まってしまうような気がして、「がんばれよー、大地」とつぶやきながら、私は祈るような気持ちでそっと右手で大地の髪を撫でた。

私の両親をＩＣＵに呼んだ。


父も母も変わり果てた孫の姿を見るなり、声を出して泣き崩れてしまう。

「ピーピーピー」と容態の異常を知らせるアラーム音が鳴り始める。

医師と看護師さんが駆けつけ、心臓マッサージを施す。

容態が安定したのか、心電図のモニターの数値を確認し、退室して行く。

そんなことが数回繰り返されたとき、医師が緊迫した声で「皆さん離れてください」と告げ、電気ショックが行われる。強いショックに大地の身体がビクッとはね上がる。しかし、回数を重ねるうちに、電気ショックをしても、薬を投与しても、アラーム音が止まらなくなってしまう。

医師が肩を落とし、大きく深呼吸したあと、

「これまでにかなりの薬剤を投与しましたが変化が認められず、これ以上の処置で回復の見込みはないと思われます。機器を動かし続けることはできますがどうされますか？」

と、私たちは医療機器を動かし続けるのか、止めるのかの判断を求められた。

今までの状況から、医師の言葉を疑う余地はなかった。

ただ、私にはこの大きな決断をする勇気がなく、少しの可能性をどこかで探していた。

お願いだ！　大地、目を覚ましてくれ！　もう時間がない！

そんな気持ちで私は大地を見つめていた。

それと同時に、これ以上の処置は次に進んでいこうとする大地の魂を無理に身体に縛りつけているような気がしていた。

そのとき、壁際の椅子に座っていた次男がぽつりと「もうやめてあげたらい

いのに……」とつぶやいた。

次男を見るとその顔はつらそうで目にうっすらと涙がにじんでいた。

次男はこのとき、なぜそう言ったのかを覚えていないそうだ。もしかしたら、大地が次男の口を借りて、そう告げたのかもしれないと思ったりもする。

私は、次男に「そうだね」と答え、妻と目配せをしてから「もう、止めて下さい」と医師に伝えた。


機器が止まってしまった病室は突然、静まりかえった。大地の鼻孔には血がたまり、あふれた血が頬を伝って流れていた。

妻はその流れている血をふき取りながら、「止まらないね」と悲しそうに大地に話しかけていた。

私はそんな妻の姿を見てとんでもない決断をしてしまったのではないかと思い、もう一度機器を動かしてもらうよう頼みに行こうかと迷った。しかし、「待て、待て、あらゆる状況を考えての決断じゃないか、他に方法はない」と心の声が聞こえた。

これから先の記憶は、非常に曖昧である。

目の前に現れる物事に対して淡々と対応していく……それだけで精いっぱいだった。

私は待合室で待っていた先生方を呼びに行き、治療室に入っていただいた。

先生たちも、静かに横たわる大地を見て言葉を詰まらせていた。

私が逆の立場だったらどうだっただろうか。

瀕死の生徒とその親を前にどんな顔をしただろうか。こんなときは、きっとかけるべき言葉がないのかもしれない。

私は、この状態がいつまで続くかわからないことと、大地と静かにお別れをしたかったので、「容態が変わったらお知らせします」と言って、先生方には帰っていただくことにした。

刻々と時間は過ぎていく。

それから、どれぐらいの時間が経っただろうか。

永遠の別れ

ついに、そのときがきた。

18時25分。担当医師が私たちのほうを向き「ご臨終です」と告げて頭を下げた。事故から5時間。大地の目が再び開くことはなかった。

医師は「事故で亡くなったので、これから警察の立会いのもとで検視が行われますので、しばらく時間がかかります」と続けた。

私は泣き崩れることはなかったが、まだまだ信じられない気持ちで、茫然とただずんでいた。放心状態だった。しばらくすると大粒の涙が頬から伝って床に落ちた。

私は、さっきまで一緒にいた先生方に大地が亡くなったことを連絡するために廊下へ出た。

すると、病院の方が何か伝言をするために私のところに近づいてきた。

加害者の勤務している会社の社長が、話をしたいと1階で待っているという。

私は、顔を合わせる気にもなれなかったが、大地の死を伝えなければいけないと思い、1階のロビーへ向かった。

社長は、申し訳なさそうに今回の従業員がひき起こした事故についての謝罪を述べた。そして、大地の容態を教えてほしいと尋ねた。

「息子は今、息を引き取りました」

私は疲れ切った顔で静かに答えた。

その言葉を聞くなり、社長は肩を落とし、隣にいた従業員と見られる男性は泣いていた。そして、「私は戻らなければならないので、今後のことは弁護士を通じてお話しさせてもらいます」と言って、その場を後にした。

直後、携帯に電話がかかってきた。携帯の画面には松山西警察署と表示されている。

こんなタイミングで⁉

そう思ったが、電話を取ったところ、「病院の診断書を早く出してください」

という催促だった。

実は、私と妻は、10日前に車で移動中に、軽自動車に追突される事故に遭っていて、この電話は、そのとき現場検証をした警察官からのものだった。

私は「提出したいのは山々ですが、息子が交通事故で亡くなったので、行くことができないんです」と答えた。

すると「えっ?」と聞き間違いではないかという返事が返ってきた。

そこで私はもう一度「息子が死んでしまったんです」と伝えると理解したようで、「わかりました。こちらの件は大丈夫ですので、息子さんのことを優先してあげてください」と言われ、後日改めて連絡をする約束をして電話を切った。


待合室に戻ると妻の両親が到着した。妻から事故の一報を聞いたあと、すぐに空港へ向かい、飛行機でこちらに向かってくれたのだ。

妻が、大地が亡くなったことを伝えると、妻の両親は力なく椅子に座り、「急いで来たのに」と間に合わなかったことにショックを受け、肩を落とした。

妻の両親も私たちと同様、大地は助かると信じて疑わずにいた。それが覆されてしまい、とても信じられないといった様子で茫然としていた。

そんな様子を見ていると私もまた悲しくなって、妻の両親と一緒に泣いた。

検視は思っていた以上に時間がかかった。

その間に妻は大地の着替えを取りに自宅に戻り、私の母は斎場であるベルモニー会館に寝台車の手配をするために電話をかけた。

大地の死という大きな悲しみを胸に、それぞれができることをしてくれていた。


やっと警察官が大地の持ち物を持って病室から出てきた。

実況見分や今後の捜査のため、大地が着ていた制服、靴、通学バッグは預けなければいけない。中身は返されるため、一つひとつ丁寧に取り出し、確認しながら袋に入れていく。

そんな中、バッグの中から火打石とライターが見つかった。

私は、災害用に火打石を購入していたことは知っていたが、ライターは初めて見たので、もしかしたら隠れてタバコを吸っていたのではないかと思い、先生の前で「これはまずいなぁ」とも思った。

かなりあとになって、大地の友達にライターのことを聞いたのだが、大地はタバコを吸うためではなく、友達と釣りをして、釣った魚をその場で焼いて食べてみようと盛り上がり、そのためにライターを持っていたそうだ。

それを聞いたときは大地らしくて安心したと同時に、大地を疑ってしまったことを反省した。

先生方はもう一度ゆっくりと大地の顔を見て、静かに手を合わせながら、別れの言葉を述べられた。

そして、「葬儀の日は生徒を連れて参列します」と言って帰られた。

悲しきハイタッチ

自宅に帰るために、大地はベルモニー会館の担当者によって寝台車で運ばれた。そして、大地を自宅リビングに寝かせてくれた。大地の体の下には、安置用のドライアイスが敷いてあった。

あとで知った話だが、小さな子どもが亡くなった場合は、両親が亡くなった子どもの身体を毛布でくるみ、抱きかかえて自宅に連れて帰ることもあるそうだ。

動かなくなった自分の子どもを抱いて自宅に戻る気持ちを想像してみてもらいたい。つらさと悲しさと悔しさが入り混じって、想像を絶する。

そんなことを少しでも減らすために、私たちは子どもたちを守らなければならないと強く感じる。

実は、私たち家族には習慣があって、今日も1日無事に過ごせたことを喜び、毎日帰宅するとハイタッチをしていた。もちろんその日もハイタッチをするはずだった。

しかし、自宅に帰ってきた大地はもう動くことはなく、大地とのハイタッチの日々は突然終わってしまった。

私は寂しくて、大きなため息とともに肩を落とした。

ベルモニー会館の担当者が、会場の空き具合と、突然お別れをすることになった私たちの状況を考慮して、あと1日半、大地を自宅で安置させてお別れをしてはどうかと提案してくれた。

私たちは「ぜひお願いします」と伝えた。

その日の深夜、妻の弟家族が車で到着した。

弟が家に入ってすぐ目にしたのは、白装束を身にまとい横たわる大地の姿。

妻の弟はその姿を見て「生きている間にもっと会っておけば良かった……」と悔しそうに涙を流した。

大地は小さいころは痛みに弱く、注射をするときや傷口に薬を塗るときは大騒ぎをしていた。

だからトラックにはね飛ばされ、道路で頭を打ったときは、どんなに痛かっただろう――そんなことを考え出すと、私は怒りや悲しみが入り混じって呼吸困難になりそうになる。

しかし、目の前には穏やかに眠っている大地がいる。

昼間のように医療機器につながれた痛々しい姿の大地ではない。今、大地の魂は天国に向かって旅立つ準備をしているだろう。

だから、強い痛みから解放されて良かったと私は少しだけ思った。

大地と話をすることができなくなってしまい、家全体が言いようのない深い悲しみに包まれていた。

しかし、妻の弟の２人の幼い子どもたちの無邪気な笑い声が、悲しくてどうしようもない私たちの救いになった。

子どもたちのおかげで気分が和らぎ、気が狂いそうな苦しみから逃れることができたような気がしていた。

夜も更けてきたころ、大地のところに行った妻の弟が大地の顔を見て「大地が笑っている」と言った。みんなが近寄り大地の顔をのぞくと、確かにほんのりと笑っているように見える。

私たちの笑い声が聞こえているのかもしれない、そう思った。

その夜、私と妻と次男で、大地を挟んで川の字で眠った。

一夜明けて、朝からベルモニー会館の担当の方が来て、通夜と葬儀の打ち合わせが始まった。

学生の葬儀は、先生や同級生など多くの参列者が予想されるため、広い会場と想定外の人数になった場合も考えて見積もらないといけない。よって費用は必然的に高くなる。

私たちは大地とのお別れをしっかりと行いたかったので、両親に援助をしてもらい、できるだけ晴れやかに送り出せるよう各オプションを通常ランクから1つ上のランクにしていただいた。


打ち合わせが終わって、私たちは事故現場を見に行った。

その帰り道、私はあることを思い出した。

今日は妻の誕生日だったのだ。

しまった、大地への花を買った花屋さんで誕生日の花を買えば良かった！

そう思ったが、妻の気持ちや今の状況を考えると、そんな雰囲気ではなかった。

改めて誕生日を祝おうと、言いかけた言葉を飲みこんだ。

まさか、子どもの葬儀の喪主になるなんて思いもしなかった。

突然起こった想定外の出来事に私の頭の中は大混乱していた。

ただひとつ、「大地を盛大に送り出してあげたい」という思いだけに突き動かされて必死で動いていた。

旅立ちの準備

通夜の日、昼過ぎには葬儀の担当の方が来て、大地を運ぶ準備をした。

霊柩車に乗せて出発するとき、近所の方が見送りに来てくれた。

大地を乗せた霊柩車が、ハザードランプの合図で静かに出発。

私たちも車ですぐあとを追った。

葬儀場に着くと、私たちは控え室に案内された。

最初に湯灌《ゆかん》という儀式が行われた。

湯灌とは、入棺にあたって死者の身体を湯で洗う儀式である。打ち合わせのときはまったく知らなかったのと、金額が大きいため一度はいらないと言ったのだが、葬儀担当の方から「金額は大きいけれど、故人が来世に導かれるために、生きていたときにまとった悩みや苦しみを洗い流し、あの世へ送るという大切な儀式であるので、故人とご遺族両方の癒しになる」と勧められた。


湯灌師2人が手早く準備を行い、「逆さ水」といって、親族一人ひとりが大地の足から胸に向かって、柄杓でお湯をかけてお清めをする儀式を行った。お湯は地元にある道後温泉の源泉を汲んできている。身体を洗ってもらったあと、化粧をして装束を着せてもらった大地は、お遍路さんのようで穏やかな表情をしていた。

私は大地の旅立ちの前の最後の姿を写真におさめた。

妻の話によると、大地は生前、お遍路さんに行きたいと言っていたそうだ。装束を着た大地は、きっと喜んでいるに違いない。

そういえば、大地は和菓子が好きで、お茶も好き。中学生のときにクラスで一番和風な人に名前が挙がったことがある。

大地との15年。私は様々な思い出の日々を頭の中で巡らせていた。

私たちは、祭壇を確認するために式場に案内された。

一歩入って私の目に飛び込んできたのは、目が覚めるような青い空と、真っ白い雲の祭壇。

そして、その中央には笑顔の大地の写真。

遺影の写真は、中学校の卒業式後の打ち上げパーティで大地のカメラで友達が撮った写真を使った。友達が冗談を言って笑わせたのか、大地は満面の笑みを浮かべていた。

高校に入ってからは家族写真を撮っておらず、慌てて遺影の写真を探したのだ。

私は遺影写真の笑顔を見たとき、大地が「今回の人生はとても楽しかった」と言っているように思えて、再び涙があふれてきた。

ご住職が葬儀場に到着され、挨拶をするために控え室に行く。

ご住職も私たちと同様、これから社会に巣立って行こうとする若い子どもの死を重く受け止めてくださり、魂が迷わずに旅立てるよう、拝んでいただけるとのこと。

その言葉は、非常に心強さを感じるものであった。


大地の戒名は「寳光地照居士《ほうこうちしょうこじ》」。

私たちの宝であった息子が光で地を照らす魂となる、光り輝く名前を付けていただいた。


通夜が始まった。


我が家は新聞を取っていなかったし、ニュースを見る余裕もなかったので、大地の事故のことはどのように報道されていたかを知らない。

しかし、多くの学生服を着た大地の同級生が親御さんと一緒に来てくれた。

司会の合図でご住職が式場に現れた。

その装束は華やかなオレンジ色で、その鮮やかさに私も妻も息を飲んだ。

祭壇の青空と白い雲と華やかなオレンジ色と大地の笑顔。私の心には何かに包み込まれるような、言い表すことのできない感覚が広がっていた。


ご住職の読経は式場内に響き渡り、大きなショックを受けた私たちの心に束の間の安堵を与えてくれた。

お焼香のときには、大地の同級生たちも親御さんに所作を教えてもらったのだろうか、一人ひとりが一生懸命に手を合わせてくれているのがとても嬉しかった。

みんな、同級生である大地の死を目のあたりにして、どれだけ心が傷ついているだろう。

私はじっとその光景を見つめながら、心の中で参列者に向かって「ありがとう、ありがとう」と何度も繰り返し伝えていた。


最後に私は喪主として挨拶をした。

その中で、大地が中学生のときに、私たちに書いてくれた手紙を読むことにした。

中学生になってから、私たちの言葉を素直に聞くことができなくなっていることを反省していること、私たちの子どもとして生まれて良かったこと、高校を卒業したら、家を出るので夢に向かって進む自分を応援してほしいということ。

そして最後には、

「あなたたちは、この世界に何が起ころうと、私たちの間に何があろうと、私の親であり、私の大切な家族です。いつか私が夢を叶えるそのときまで、私のことを見守っていてほしいです」

と書かれていた。

考えてみれば、大地の反抗期など私の中学時代に比べたら、ないに等しかった。私より成熟した心を持っている大地を誇りに思い、尊敬もしていた。

そして、大地の遺影に向かって「病院でがんばれ、がんばれと言ってごめん。

あんな状態でがんばれるわけないよね」と謝った。

最後に、大地の同級生たちに、

「車って、短時間で人を遠くに運んでくれる便利な道具です。しかし、使い方を誤れば、人の命を奪ってしまう危険なものでもあります。人はそのことをすぐ忘れてしまい、安全が二の次になってしまう。皆さんは、そのことを忘れないでほしい。

また、人生というのは、良いことがあったら次に悪いことがあったり、悪いことがあっても次に良いことがあったりする。けれど、生きているとそれは当たり前のことなので、今日はつらくても、明日からは今まで通り笑って過ごしてほしい」

と、お話しした。

第2章

空への手紙

～事故のあと～

招かざる来訪者

通夜が終わったその夜、私たちがベルモニー会館の宿泊部屋で身体を休めながら翌日の葬儀の準備をしていたとき、ベルモニー会館の宿泊担当の方が部屋に来られた。

「1階に、トラックの運転手とその運行管理者である上司がお会いしたいと来られています。どうされますか？」

まさか、こんな形で加害者と顔を合わせるなんて……。

私にとっては、予想外だった。

私は、一瞬迷いはしたが、心を決めた。

いずれは通る道、他に選択肢はない。

心を落ち着けて「はい、行きます」とだけ答えた。

振り返ると、何事かと親族が集まっていた。

私が「加害者と話をしてくる」と言うと、妻の弟が真っ先に一緒に行くと申し出てくれた。

私は冷静に話ができるのは4人が限界だと感じたので、妻の弟には部屋で待ってもらい、妻と2人で行くことにした。

ベルモニー会館の控え室に案内され、私と妻が部屋に入ると、正面の壁際に2人の男性が顔をこわばらせて立っていた。私は2人の顔を目をそらすことなく、睨みつけるように見つめた。

向かって左側の男性が「トラックの運転をしていた○○です」と口を開いた。次に右側の男性が「運行管理者の○○です」と言い終わるや否や、私の緊張の糸が切れてしまった。

私は靴を脱ぎ捨て、畳の上に上がり、立っていた2人に向かって大声を上げた。

「○○さん、どういうことなんですか！」

「なんで大地は死んでしまったんですか！」

「何があったんですか！」


大地を亡くして行き場のない気持ちを爆発させるかのように声を上げた。

2人は同じタイミングで畳に頭を押しつけ、「すみませんでした、すみませんでした」と、頭を下げ続けた。


妻も私と同じように自分が抑えられなくなっていた。

初めて大地を出産し、母親として15年間大地を愛しみ育てた妻は、突然大地を亡くして、私が見ても痛々しいほど憔悴しきっていた。


「なんでだいちゃんが死ななければならないんですか！」

「だいちゃんを返して下さい！」

「返して下さい！」


涙を流し、何度もつらい気持ちを訴え続けた。

私は強い口調で「大地が飛び出したんか？」と聞いた。

すると、運転手は「いやっ……」と言いかけて口を噤んだ。

「なんではねたんや、大地が見えてたんか！」と問い質すと、「気づいたときには、目の前にいてブレーキが間に合いませんでした」と、絞り出すような小声で答えた。

今度は、運行管理者に「○○さんの普段の仕事ぶりはどうだったんですか？どんな人だったんですか？」と尋ねた。すると「会社では中堅どころで、後輩の指導も任せられる真面目な人間でした。まさか彼が事故を起こすなどとは想像もしていませんでした」と答えた。

私は、運転手に年齢と家族構成を聞いた。すると、私と同世代で家族構成もほぼ同じだった。

そこで、私の頭の中の怒りが再び限界を超えた。

「お父さんが子どもの命を奪って警察に逮捕されたなんて聞いたら、子どもがどれだけ悲しいかわかるやろ！　自分の行為でうちの大地だけじゃなく、自分の子どもたちも不幸にしとるやないか！」

と、気持ちをぶちまけた。

もう涙がとめどなく溢れ出るのと、胸が苦しいのとでわけがわからなくなっていた。

そこまで言って私は、どこまで話しても大地が生き返るわけでもなく、相手に直接罰を与えられるわけではないことを痛いほど感じていた。

それでも、謝罪をまったく受け入れる気持ちになれなかった。

何ともやるせない時間が過ぎていく。

そのとき、ドアをノックする音が聞こえて、ベルモニー会館の担当者が入ってきた。

「渡邉さんの会社の方が来られていて、一言、お話がしたいそうです」

妻が「もう行こう」と言い、私は２人に「今度は裁判でお話ししましょう」と伝えて、部屋を出ていくことにした。

通夜の夜

ベルモニー会館の担当者の言葉通り、葬儀場のエントランスに私の仕事仲間が２人、心配そうな面持ちで待ってくれていた。

私はしばらく仕事を休むことになっていたので、２人には仕事の負担をかけることになってしまっており、大変申し訳なく思っていた。

彼らはそんな私の気持ちを汲み取り「仕事のほうは心配せずに充分休んで、息子さんの供養と家族のケアを優先していいから」と声をかけてくれた。

私はその言葉にありがたい気持ちでいっぱいになった。

その後、私たちの部屋へ戻り、加害者とどんな話をしたのかを親族に報告した。

私と妻が加害者に取った対応には「それで良かった」という意見と、「大地の命を奪ったものに対して甘すぎる」という意見の賛否両論であった。

動くことも、目を開けることも、話をすることもない大地の遺体のそばで、皆がつらくて、悔しくて、やり場のない怒りを抱えていた。


もし大地が魂となって、私たちの近くでこんな私たちを見てくれていたとしたら、どう思っただろう?

すると、私の中の大地が「誰も悪くないよ。僕は大丈夫。大丈夫だから」と言っているように感じた。

実は、加害者と対峙したとき、私はやれるものなら、大地の仇を取ってやりたいと思っていた。しかし、大地はきっとそれを望んでいない。私は最善の選択をしたと思った。

葬儀の日

葬儀の日の朝を迎えた。私は、昨日の通夜の挨拶を思い起こしながら、今日の挨拶の言葉を考えていた。

通夜では、大地の手紙の全文を読んだせいで、時間が少し長くなってしまった。

葬儀では、出棺の時間の関係で喪主の挨拶を短めにしてください、と言われていた。しかし、大地の先生や同級生に感謝を伝えたい気持ちで胸がいっぱいになっていた。

私は話し出したら止まらなくなってしまうと思い、今日の挨拶の大筋を紙に書き、ポケットにしまった。

朝早くにも関わらず、遠方から親戚が駆けつけてくれた。みんな、大地の変わり果てた姿に言葉をなくしていた。

私がみんなにこれまでの経緯を話すと、一緒になって聞き、悲しんでくれた。

葬儀が始まった。

高校の校長先生、担任の先生がクラスの生徒を連れてきてくれた。

通夜と同様に大地の友達は、慣れないお焼香を行い、私たちの前で一礼をして、席に戻っていく。

ご住職の読むお経が、会場内にこだまのように響き渡る。

ここにいる人たち全員が大地の一生を賛美し、大地の魂を盛大に送り出そうとしていた。


喪主の挨拶になり、私は皆さんを前に深々と頭を下げ、早朝に書いた挨拶文を読み上げた。

大地の友達には「みんな一人ひとり、大切に思っている人がいる。自分の命を大切にしながら生きてほしい」と伝えた。

最後に、大地が事故に遭った日に、途中まで一緒に帰った友達3人が挨拶をしてくれた。学校が終わった後に100円ショップに寄り、購入した複数のお菓子を4人で混ぜて試しに食べたこと、味がとてもマズくて、みんなで大騒ぎしたこと……そんなエピソードを話してくれた。

大地は私たちに比べると短い人生だったかもしれない。でも、毎日友達と楽しく過ごすことができていたのを知って嬉しくなった。


ベルモニー会館で作ってもらった、大地を偲ぶスライドショーの上映が始まった。私たち家族の思い出の写真が映し出され、GReeeeNの『空への手紙』が流れた。

悲しみと緊張感で満たされた会場の中で音楽が流れ出すと、その歌詞が参列者の心を揺さぶった。抑えていた感情が溢れだしたのか、多くの人の目から涙が流れていた。

『空への手紙』

今日はいつもよりもまぶたが腫れていて
心ではどしゃぶりの雨が降っていて
耳を疑った　信じたくないリアルが今は目の前にある

何がなんだかわからない日々　「心」全て失い泣いて
涙が枯れることはなくて　こんな姿ばっか見させてごめん

独りぼっちの旅に出かけ　寂しかったり辛くない？
アナタが泣いていると　ほら　この雨に変わるでしょう

志なかばで　忘れ物ばかりで　やり残したことがきっと悔しいよね？
夢を追いかけてるアナタの姿は　今でもこの胸に輝いてる

あの日の声が聞こえてます　あの場所を思い出します
相変わらずの景色の中に　アナタがいないから何か違う
独りぼっちの旅に出かけ　嬉しいことや楽しいこと
見つけたアナタの笑顔で　雨は虹に変わるよ

最後の会話を覚えています　伝えたいことは今も
胸の中にしまってます　いつか手紙を書けるように
「ごめんね」や「ありがとう」を言えず　もう二度と逢えない場所
かけがえのないアナタ「またね……」いつか手紙を届けるよ

「さよなら」も言わずに別れ　心残りもあるけれど
アナタのことだからきっと　笑って見てるんでしょう
あれから月日流れて今　変わらない笑顔見せたいから
心配だけはかけないよ　僕も頑張れてるよ

私も、私たち家族の思いと重なる歌詞に涙が止まらない。

大地が望んで旅に出かけたわけじゃない。

でも、旅立たせてやるしかない。

大地の身体はもう二度と動くことはないから。


私はもう泣くことしかできなかった。


とうとう、お別れのときが来た。

これが、本当に大地の姿を見ることができる最後の瞬間だった。

私は、魂となって近くにいるであろう大地に、心の中で語りかけていた。

「大地、みんながたくさんの花を棺に入れてくれているよ、良かったな。もう身体はなくなってしまうけど、迷わずに光のほうに歩いて行けよ」


棺の中に横たわる大地の身体はたくさんの花で埋め尽くされた。

その他に、姪っ子たちが書いた大地への手紙、お菓子、小さいころから好きだったハンドタオルを入れた。


いよいよ最後のお別れをする時間がきた。

大地の友達が棺を取り囲む。

みんなが思い思いに大地に最後のお別れの言葉を伝えている。棺の傍から離れない子、棺の中を見ることができなくて、離れたところでたたずんでいる子。涙で見ることさえできなくなっている子……。

その光景を見たとき、私はどうしても子どもたちにこんなことを伝えたくなった。


「みんなが将来、子どもができてお父さんやお母さんになったとき、目くじらを立てて子どもに教育するということはやめてほしい。

お父さんやお母さんの同級生が事故で亡くなったときに、本当に悲しくてつらかったんだよと、今の気持ちを静かに、諭すように話してあげてほしい、そうすれば子どもには必ず伝わるから」

その後、棺は石打をされて静かに閉じられた。

棺を同級生の有志たちが持ち上げる。遺影を持った私たちに続き、式場を出て外に待つ霊柩車に乗せてくれた。

私と妻と次男の３人で皆さんに一礼をして霊柩車に乗り込むと、長いクラクションの音が鳴り響き、車は火葬場へと出発した。

悲しい雨は降り続き、やむことはなかった。

安堵感

火葬場はベルモニー会館から車で30分のところにあった。

霊柩車から降りて、私たちはそのまま火葬炉の前まで案内された。

ご住職が短いお経をあげたあと、棺の顔の部分の扉を開けて大地に最後のお別れをした。

目の前にある大きな火葬炉を目にして、どんなに泣き叫んでも状況は変わらない、火葬することも止められない。

そんな風に感じた私の身体は、火葬炉の前で力尽きてしまった。ただただ手を合わせ、心の中で「さようなら、ありがとう」と小さい声で呟き、点火スイッチが押されるのを抜け殻のようにぼんやりと見届けた。


確かに、命はやがて終わる。ここにいる人たちも一人の例外もなく、寿命が尽きたときには火葬されることはわかっていた。

しかし、15歳の大地の身体が、私たちの目の前で火葬されるなどということは、想像すらしたことがなかった。

私はまるで映画を見ているようなフワフワとした、現実と非現実の間をさまようような感覚に包まれていた。


1時間の待ち時間の間、親族同士が大地のことや近況の報告など、会話を交わし、凍りついた心を溶かしていこうという雰囲気が漂っていた。次男や甥っ子、姪っ子たちは子どもならではの無邪気さで場を和ませてくれていた。

収骨の準備が整ったので部屋へ移動した。ステンレスの寝台の上には大地の骨が横たわっている。

担当の方から「骨壺にすべての骨は入らないのですが、主要な骨だけ収めるか、細かく砕いてできるだけ多くの骨を収めるかどちらにしますか？」と質問があった。

私は主要な骨だけ入れてください、と答えた。

寝台はまだまだ熱を帯びていた。

担当の方は、耐熱の手袋をして、足から1つずつ骨の説明をしながら、骨壺の口に入る大きさに砕いた。

「若いから大腿骨が太いですね」とも言われた。

そして、喉仏を取り上げ「仏さまが座って合掌をしている姿に見えることから喉仏と言われています」と説明される。

みんなが静かにそれを見ながら、「ほんとだ」と頷いた。

このとき、初めて私はあることに気づいた。

ずっと隣にいた妻が見当たらない。

慌てて辺りを見渡すと、入り口近くの壁に寄りかかって、身体を震わせながら泣いている姿が見えた。

私は「しまった」と思った。

しかし、喪主の私は妻を部屋から連れ出すこともできず、寄り添うことしかできなかった。


いよいよ、大地の骨を骨壺に入れていく。

「喪主さんお願いします」と私たちが呼ばれた。

妻は泣き崩れて、とても動ける状態ではなかった。

私と次男の２人で数回骨を拾い、骨壺に収めた。

そのあとは親族の方に任せ、私は妻の傍に寄り添っていた。

骨壺は木箱に入れられ、白い布製のカバーがかぶせられた。

骨壺は家族の誰かが持ち、部屋から退出しなければならなかった。

妻に「持つ?」と尋ねる。

しかし、妻は大きく首を振ったので、私が骨壺を抱え、外に待っているバスまで歩いた。

バスの座席に座り、骨壺を膝の上に乗せる。

骨壺は暖かく、15年前、大地が赤ん坊のころに抱っこした感覚を思い出させた。揺れるバスの中で、静かに大地を思いながら骨壺を抱きしめる。


なぜか悲しみを超えた安堵感に包まれていた。


なぜだかわからない。

大地を送り出すという使命をまっとうしたという気持ちのせいか、もしくは膝の上の小さくなった大地を再び感じることができたせいか。

理由はよくわからないけれど、私は今までとは違った気持ちに包まれていた。

二度目の大地の帰宅

ベルモニー会館に戻る。

初七日法要が行われ、大地を見送る２日間の法要を終えた。

その夜、ベルモニー会館の人が自宅に来て、祭壇を組んでもらう。

後飾り祭壇の左右には提灯が置かれている。それは、ぼんやりとした暖かい色を放っている。提灯の他に蓮の花の置物もあり、まるで何かを祝福しているようにも見える。

その真ん中に笑っている大地の遺影が置かれている。

大地は今どんなところにいるのだろうか……？

妻の両親と弟家族は遠方から来ているので、しばらくうちに泊まることになった。

久しぶりの再会が嬉しい子どもたちは無邪気に遊び、私の心を和ませてくれた。大人たちは、それぞれのタイミングで祭壇の前に座り、ろうそくに火を灯し、線香に火をつけ、そして大地に話しかけるように、静かに手を合わせる。

この時間は、大地の笑い声がもう聴けなくなってしまった事実を一人ひとりが受け入れていくための大切な時間になった。

第3章

大地の思い出

折り紙の花束

大地の部屋を整理していた妻が、慌てて2階から降りてきた。

「あっちゃん、これ見て！」

私は、妻が差し出した物を両手で受け取った。

それは和紙のようなもので円錐状に丸められていた。

何だろう……？

中をのぞき込んで初めて「花束」だとわかった。京風の色合いの折り紙で花が一つひとつ立体的に作られている。

「どこにあったん？」

「クローゼットの棚の上」

これを作れるのは家族の中で大地しかいない。

その瞬間、私も妻もすべてを理解した。


大地は幼稚園のときから手先が器用で、妻に買ってもらった折り紙の本を自分で読み進め、どんどん作品を作り上げていた。

幼稚園では、大地が新聞の折込みチラシを丸めて作る剣は、強くてなかなか折れないと評判で、友達から作成のお願いをされるほどで、「折り紙博士」と言われることもあった。


大地が事故に遭った次の日は、妻の誕生日だった。

妻は誕生日の２週間前に「母ちゃん、誕生日にお花がほしいな」と大地にリクエストをしていた。

誕生日に驚かせようと、内緒で作っていたのだろう。

大地に手渡ししてもらうはずだった花束。

こんな形で妻が手にするなんて……。

妻は花束を抱きしめ、身体を震わせながら大声で泣いた。

なんでこんなことになるのか!

事故がなければ、嬉し涙を流して喜んでいる妻と、満足顔の大地を見ることができたのに。

悔しい。悔しい。悔しい……。

涙がとめどなく流れ、こみ上げてくる怒りで身体が震えた。

大地が生まれた日

1999年3月12日、松山市内の産婦人科で大地は産声をあげた。

あの情景は、昨日のことのように今でもはっきりと覚えている。

大地が産まれたと連絡を受け、病室に入った私は、生まれたばかりの赤ん坊を見つけ、慌てて駆け寄った。

そこには産着にくるまれた赤ちゃんがすやすやと眠っていた。

大地との初めての対面。

私は、大地の顔をのぞき込み、恐る恐るそのちっちゃな手を人差し指で触ってみた。

すると、そのちっちゃな手は素早く私の人差し指をつかみ、ぎゅっと強い力で握り返してきた。

私の指を力強く掴んで離さない大地の手。

「お父さん、僕は大地だよ。僕の命を守って」

私には赤ん坊の大地がそんな風に言っているかのように思えた。

今まで自分が父親になることについて、頭ではわかっていたものの、実感としてはあまりなかったように思う。

今思うと、大地が私の指を力強く握ったあのときが、私の子育てスイッチが入った瞬間だったのかもしれない。

大地0歳、私もお父さん0歳。

これから大地とどんな生活を送っていくのだろうか。

私は、大地との明るく果てしない将来を想像していた。

小さいころの大地

小さいころの大地は早生まれのため身体が小さく、3歳になるまではあまりおしゃべりをしない子どもだった。

しかし、私たちは大地が小さいことに関してあまり心配はしていなかった。

少しずつ成長していくのだろうと、気楽に構えていた。


小さいころで思い出すことといえば、大地は布団の上ではなかなか寝つかないのに、車に乗るとすぐに泣きやんで寝てしまうこと。

車で寝ることが大好きな子どもだった。

あるときは、車で動物園に遊びに行って園内はベビーカーで回り、自宅に帰るまでの間、一度も起きることなく寝たままということもあった。

車の中では深く眠っているので、早く布団で寝かせてやろうと自宅に戻って布団に降ろそうとすると、なぜかパチッと目が開き、私の腕をガシッと掴んでテコでも離さない。

そして、無理やり布団に寝かせると大泣きした。

仕方なくしばらく抱っこしたあと、大地が気づかないようにゆっくりそーっと降ろそうとする。しかし、身体の角度が45度を超えると、またガシッと小さい手は私を掴んで離さなかった。

「大地～、俺も眠たいよ～」と言いながら、大地を抱いたまま壁にもたれて寝ることも幾度かあった。

それでも、私は大地と一緒に過ごす時間が嬉しかった。

私が仕事から帰るのは、常に午後9時を過ぎていた。

本来であれば、子どもは寝るほうがいい時間である。

しかし、私も妻も大地とのコミュニケーションの時間のほうが大事だと考えていて、無理に寝かしつけることはしなかった。

私が車を買い替えたときは、仕事が終わり、帰宅してからよくドライブに行っていた。

まず、車に乗ってしばらくすると大地は、「お腹が空いた」と言う。

私はコンビニに入り、大地の好きな鮭のおにぎりを一個買う。

そして、急いで車に戻り、大地におにぎりを渡す。

すると、大地は満足そうな顔をして両手でおにぎりを掴んで、おいしそうに口いっぱいにほおばる。

私はその光景を微笑ましく見ていた。


大地がおにぎりを食べたあと、「さあどっちに向かって行くかな」と車を走らせる。すると、後ろの席のチャイルドシートで、「スースー」と寝息が聞こえてくる。

私は、それを合図に引き返す。

このときの大地は、布団に降ろしても起きることはなく、気持ち良さそうに眠っていた。

赤ちゃんのころは起きていたのに、今は寝ている。

大地の成長を感じ、妻と2人で大地の寝顔を見るあの時間は、今思うと、一番の至福のときだったのかもしれない。

お兄ちゃんになる

次男が生まれたのは、大地が3歳のときだった。

弟妹ができると、赤ちゃん返りしてしまう子が多いと聞いたことがあるが、大地はそうではなかった。

妻のお腹をさすったり、「もうすぐだね」と話しかけたりして、むしろ弟が生まれてくることを楽しみにしていたようだった。

大地は次男をとても上手にあやしてくれた。

大地が次男をあやすと、次男がアハハと笑う。

笑った次男を見て、大地が笑う。

２人の甲高く楽しそうな笑い声が寝室から聞こえるたびに、私たちは安心して自分たちの仕事をしたり、ゆっくりとお茶を飲んだりすることができた。

小学生のころ

小学生になっても、大地は同級生の中でもまだまだ身体が小さかったので、身体の大きい子にまとわりつかれると簡単に吹き飛ばされ、しょっちゅう泣いて帰って来ていた。

一度、私の仕事が休みの日に、大地が帰って来るはずの時間に帰ってこなかったことがあった。いつもなら帰ってきている時間はとうに過ぎていた。

私も妻も心配した。

私は散歩がてら、通学路を学校に向かって歩いてみることにした。

すると、通学路の途中の草むらで友達と一緒にしゃがみ込む大地を見つけた。

大地は私と目が合うと「バッタがいっぱいおるんよ」と、得意げに教えてくれた。

寄り道できるようになったかと、成長を喜びはしたが、妻はどれだけ大地のことを心配したかを懇々と伝えていた。

写真との出会い

大地が小学5年生のときだったと思う。

家族で「こどもの城」という施設に遊びにいったときに池のそばで珍しい蝶々が飛んでいるのを大地が見つけ、その写真を妻の持っていたコンパクトカメラで撮ったことが大地と写真との出会いになった。

大地はコンパクトカメラを両手で持ち、気持ちを落ち着かせ、飛んでいる蝶々を目で追いながら足音を立てないように静かに蝶々に近づき、置石の上に止まったところを狙って静かにシャッターボタンを押した。

「撮れた！」と、嬉しそうに大地が走り寄ってきた。

大地が差し出したカメラを私がのぞくと、写真のちょうど真ん中に色鮮やかな蝶々が写っていた。

「おー、うまいなー」

「すごいねー」

私たちの言葉に、大地は非常に満足した表情で、次を撮るために走っていった。

家に戻り、大地がインターネットで蝶々の名前を調べた。

名前はルリタテハといい、瑠璃色の帯模様が特徴の蝶々だった。


中学生になったとき、大地は自分のデジタルカメラがほしいと、祖父母からもらうお小遣いを貯め始めた。

実は、私の父も写真が好きで写真の会に所属していた。

これは、隔世遺伝かなと嬉しく思い、私も購入代金を援助し、大地はデジタルカメラを買うことになった。

そこで買った初めてのカメラは、一眼の形をしているが、レンズが一体型になっていて取り外しができないタイプのもの。

大地は初めての自分のカメラを持ち、非常に喜んだ。

学校から帰って来るとドタバタとカバンを下ろし、デジタルカメラを掴むと、嬉しそうに「夕日を撮ってくる」と玄関から出て行った。

家から約10歩。当時、住んでいたマンションの西の方角には高い建物がなく、階段は沈む夕日の見える絶景スポットだった。そこで毎日、大地は夕日を撮った。

友達と出かけるときも、釣りをしている友達の横で、大地は猫や花を撮っていた。

ある日、大地が「デジタルカメラの容量がいっぱいになったのでどうしたら良いかな」と相談してきた。

私が、パソコンへのデータコピーの仕方を教えたところ、大地は作成したフォルダー名を「大地の一歩目」と書き換えた。

それを見て「ほー、面白い名前の付け方だな」と思った。

フォルダーは二歩目、三歩目と続いた。高校生になっても増え続けた。

しかし、三十歩目のフォルダーが最後になることを、このときは知る由もなかった。

高校に合格したとき、もっと性能の良いカメラがほしいと母親に打ち明けて来た。

そういえば、大地はしばらく物を購入していなかった。

貯金と高校入学祝いのお金で大地が購入したのは、Ｎｉｋｏｎの一眼レフカメラで、上級クラスのパソコンと同じくらいの値段だった。

その値段に私はびっくりしたが、大地は決めたものに迷いはなかったようで、購入することにした。

高校入学後は、迷うことなく写真部に入った。

大地は毎日、この一眼レフをリュックに入れて学校に通うようになった。

時々帰りが遅くなることがあったが、学校の帰りに海や川に寄って写真を撮っていたからのようだった。

私は大地が亡くなったあと、写真を見て初めてそのことを知った。

今さらだけれど、大地が生きているときに、写真を見てもっと賞賛してやることができたのに。
今はそんなことを毎日自問している。

第4章

大地《だいち》が残《のこ》してくれたもの

文化祭の写真展

文化祭当日。

私たちは、大地の所属していた写真部の展示を見るため、学校の南門で両親と妹家族と待ち合わせをしていた。

すると私たちの前に、以前住んでいたマンションでお隣だったご夫婦が現れた。新聞記事を見て来てくれたそうだ。

ご主人が手に持っていた紙袋の中に手を入れ、何かを取り出した。手には、見覚えのあるおもちゃが握られていた。

「ほとんどのおもちゃはもう処分してないのですが、これだけは残っていたので持って来ました」

赤い木製の犬のおもちゃ。それは確かに大地が小さいときに遊んでいたものだった。うちには必要がなくなってお譲りしたおもちゃが、こんな形で戻ってくるなんて、私は胸がいっぱいになった。

校舎に入り、まっすぐな廊下を歩く。

一番奥の教室に入ると、すぐ正面に大地の写真が展示されているのが目に入った。

その数、20枚。他にはスライドショーも展示されていた。

大地はどんな思いで写真を撮っていたのだろうと、1枚1枚写真を見るごとに、大地の思いを想像してしまう。

それはとても穏やかで、光の輝きや動物や植物の命に目を向ける優しいもののように思えた。

印象に残っている写真は、猫が左手を伸ばし、べったりと路上にうつ伏せで横たわっている写真である。

よくこの低いアングルでここまで接近することを猫が許してくれたと感じてしまう。

私はその写真をじっと眺めながら、

「写真部のみんなありがとう」

知らず知らずのうちに、そんな言葉を口にしていた。

会場には、新聞に写真展の記事を書いてくれた記者さんとその家族の姿もあった。

記者さんは小さなお子さんを連れていて、私が手のひらを近づけるとハイタッチをしてくれた。

子どもの暖かい手のぬくもりを感じながら「子どもの命を守りたい」と強く思った。

廊下に出て立ち話をしていると、女性が軽く会釈をしながら通り過ぎ、教室へ入って行く。

目を向けると、次男の担任の先生だった。

先生は前日の新聞記事に載っていた、大地が笑顔でダブルピースをしている写真を見て、これはクラスの生徒のお兄さんだとわかり、見に来てくれたそうだ。

私の自宅のお隣さんも新聞記事を見て駆けつけてくれた。

新聞記事「撮りためた写真・命再び」

週末に高校の文化祭を控えたこの日、私の携帯に妻から「新聞社に取材を申し込んで来た」とメッセージが入る。

妻は何かに突き動かされたようで、新聞社に行き、文化祭で行う大地の写真展示を記事にしてほしいと、担当者に涙ながらに訴えたそうだ。

取材は、文化祭の２日前に学校で行われた。

私たち夫婦２人と、写真を準備してくれた大地の友達３人が、写真を見ながら記者の質問に答えていく。友達は実に大地らしい20枚の写真を選んでくれた。

文化祭の前日の新聞には「撮りためた写真・命再び」と書かれていた。

そこには笑顔でダブルピースをする大地の写真が大きく載っている。

私はこれを見て、大地が生きていたことを写真で証明できると思った。

自動車教習所での展示

文化祭が終わった数日後、校長先生から電話が入った。

新聞記事を見た愛媛県内の自動車教習所の校長先生が、教習所で大地の写真展示をさせてもらいたいと依頼されているそうだ。

私は快諾した。

後日、高校の校長室で自動車教習所の校長先生に会うことになった。

この時期、ちょうど大地と同じ年齢の高校生が、春に向けて免許を取得するために教習所に通い始める。

そのタイミングでロビーに展示すれば教習生の心に響くに違いないと、校長先生は思ったそうだ。

私は、大地の写真をたくさんの人に見てもらうことが嬉しく、「喜んでお貸しします」と答えた。

写真は高校に寄贈することにしていた。

そのため、高校の校長先生にも承諾していただき、年が明けて年度が変わる3月末までお貸しすることにした。

その後、自動車教習所での展示も新聞に掲載された。

教習所に通っている高校生たちは、自分と同じ歳である大地が亡くなってしまった理由を噛み締めながら、自分たちは被害者にも加害者にもならないという決意で教習に取り組んでいると聞いた。

しばらくして私は、展示された写真を見るため自動車教習所を訪れた。

ロビーの待合席の横に、大地の写真が展示されていた。

教習所に訪れる人はそれぞれの思いで写真を見てくれていると、校長先生が話してくれた。

校長先生は運転テクニックだけではなく、心を育てる教育に力を注ぐことをライフワークとしていて、県内の自動車教習所の中で、卒業生の事故と違反の少ない優秀教習所第1位の表彰を受けていた。

校長先生のお話の中で、今も深く印象に残っているのは、

「事故は一瞬で起こるけれど、本当の事故原因はその一瞬ではなく、もっと遡ってその人の生活態度まで見ていかなければわからない」

ということだった。

例えば、出会い頭の事故があったとする。一時停止を無視して飛び出してしまったドライバーに事情を聞いてみる。

どうして一時停止しなかったのか？

「標識を見落としました」――なぜ見落としたのか？

「急いでいました」――なぜ急いでいたのか？

「会社に遅れそうになったから」――なぜ遅れそうになったのか？

「朝、起きるのが遅かったから」――なぜ起きるのが遅かったのか？

「昨日夜遅くまで起きていたから……」

つまり、〝生活態度を改めなければ事故は防げない〟ということになる。心が育っていないと生活態度を改めることもできない。

だからこの教習所では生徒に、安全運転はテクニックではなく、心だということを常々言っていると教えていただいた。

最近では私が取材を受けたときに、自然とこの言葉が出てくることがある。

私自身も運転するときにはまずは心を整えて、その次にテクニックを磨くということを忘れないようにしたいと思っている。

動画『大地の花束』

２０１７年12月に妻の運転免許更新のため、運転免許センターに行った。

１階部分が広く、壁には高校生のヘルメット着用啓蒙のポスターが貼ってあり、ここならどこかのスペースに大地の写真を展示してもらえるのではないかと思って事務所を訪ねることにした。

運転免許課の次長に私の希望をお話しすると、検討して後日連絡をいただけることになった。

年が明けた2018年1月に電話があった。

写真の展示に関しては、写真を傷つけられる可能性があるので展示はできないと伝えられた。

運転免許センターは、県内全域から免許取得のために人が集まるので、あの広いスペースに人がいっぱいになる。

私は、仕方がないと、検討いただいたことに感謝をしていた。

すると次長から「動画なら備えつけのモニターがあるので流すことができますが、動画にすることはできませんか？」と尋ねられた。

私は即座に「動画ならすでにあります」と答えた。

以前に、犯罪被害者支援センターの定例会でお話をさせてもらったときに作ったスライドショーがあった。

打ち合わせでお伺いしたときに、課長、次長、免許センター所長にお会いしてお話しすることができた。事故防止の啓蒙にとても良い提案なので、喜んで協力しますという言葉をいただいた。

現在12分の動画を3分に短縮して、交通事故防止の訴えを動画に盛り込み作成をすると約束した。

とは言ったものの、3分で伝えたいことを訴える方法がなかなかまとまらず、仕事も繁忙期で忙しく、完成まで3ヶ月かかってしまったが、ようやく満足のいく動画『大地の花束』ができ上がった。

2018年5月1日、運転免許センターで行われた動画再生式に出席した。私は妻とモニターの横に立ち、県警記者クラブを通じて集まったテレビ局のカメラに向かって、今回の動画を作成した理由を説明した。

この動画を目にした人が、一瞬でも立ち止まり、事故を防ぐためにどうすればいいのかを考えてもらえたら、子どもの命が守られるのではないかと考えていた。

そして何より、大地の写真をたくさんの人に見てもらいたいという気持ちが大きかった。

県警では、この動画を多くの人に見てもらえるようにと、担当の方が音楽をつけ加えて県警のＹｏｕＴｕｂｅで公開している。

半年が過ぎ、再生回数は１５００回を超えている。

←動画『大地の花束』はこちらから

https://www.youtube.com/watch?v=rhDWjyCRb5I&app=desktop

第5章

私たちの戦い

ブレーキの跡が見つからない？

葬儀の打ち合わせが終わった。

私は妻のお父さんや弟を連れて、自宅から車で5分ほどのところにある事故現場となった横断歩道を訪れた。

横断歩道の側には、大地の事故を知った近所の方や友達が供えてくれたのか、お花や飲み物が置いてあった。

私たちも、途中の花屋さんでグリーンのカーネーションと白いキキョウを買い、事故現場に供え、静かに手を合わせた。

それから、横断歩道の手前でブレーキの跡を探した。

私は加害者がどれだけ事故の回避措置を取ったのかを知りたかった。しかし、アスファルトがゴツゴツしているせいか、ブレーキの跡が見つからない。数分探してやっと見つけたのは、横断歩道の白線の上の黒いタイヤの跡だけで、回避措置が取られたとは到底考えられないものであった。

次に知りたかったのが、大地がどこに倒れていたのかということである。そのまま歩道の縁石沿いを歩いて行き、警察官が書いたチョークの跡を探したが、縁石の切れ目が来てもまだ見つからない。「あれ？　おかしいな……」と思いながら、さらに次の縁石まで歩いていくと、やっとそこに探していたチョークの跡が見つかった。

振り返ってみると、はるか遠くに横断歩道が見える。私は、こんなところまではね飛ばされたのか、と言葉に詰まった。歩幅で測ると20メートル以上。この状況を見た妻の父も「そんなに飛ばされたら助かるはずがないわな」と、大地に話しかけるような口調でつぶやいた。その言葉には深い怒りと悲しみが入り混じっていた。

実は1年前まで、私たちはこの事故現場近くのマンションに住んでいた。そして、ちょうど12年前、大地が3歳のときに引っ越ししてきて、信号のない横断歩道の渡り方を初めて教えたのがこの場所だった。

まさか、その横断歩道で大地が事故に遭うなんて思いもしなかった。

以前はスーパーや薬局が立ち並び、車の往来も多く見通しが悪かったので、自動車はこの横断歩道付近ではスピードを落として走っていた。

しかし、今は環状線建設のために用地買収が進み、店舗が取り壊された跡地は更地になり、以前より見通しが良くなったせいで、通り過ぎる車のスピードが速くなったように感じた。


このときはまだ警察からの事故の状況を聞いていなかったので、私たちはただ現場を見つめるだけしかできず、どうしようもなく無念な気持ちで帰ってきた。

少しして警察の担当者から電話があり、「加害者が釈放された」と伝えられた。

私はこのとき、交通事故に対する法律の知識がなかったので、もう釈放されるのか！　大地の命が亡くなったのに！　と心の中で思った。

しかしそれは、言葉にならなかった。

被害者調書（警察へ）

家族3人の生活になって数日後、被害者調書を作成するということで妻と警察へ行った。

担当の警部補が私たちを出迎え、テーブルとイスしかない部屋に通された。

私たちは警部補の質問に答える。

大地の最近の健康状態、自転車の調子、家庭での生活について、学校での生活について、前日の就寝時間、悩みは抱えていなかったか？　などの質問を受けた。

大地の行動に問題はなかったので、私は淡々と答えていく。

しかし、妻が突然声を荒げて警部補につっかかった。

「何でこんなことばかり聞くんですか！　こんな質問、何の意味があるんですか？」

私は妻の怒りの意味が一瞬わからず、驚いた。

しかし、警部補はすぐ妻の気持ちを察したようで、妻に説明した。

それを聞いて私は、

「ああ、大地が最近悩みを抱えていて、自殺までは行かないまでも、注意力が散漫になっていて、安全確認をせずに飛び出してしまったのではないかと疑われているのではないか」

そう感じたのかなと思い、

「警察から検察に渡ったあと、検察官は大地がどんな子どもやったか知らんやろ。その人に大地のことをわかってもらえるように、警察の方が調書に書いてくれるから、しっかり伝えよう」

と妻に伝えた。

それからは妻も落ち着いたようで、大地がどんな子だったかしっかりとした声で警部補に伝えていた。

大地に対する質問が一通り終わると、加害者の取り調べの説明に入った。

事故の日、加害者は会社の資材置き場で荷物を積み、現場に向かっていた。5分ほど走らせたところで、信号のない横断歩道の50メートル手前にさしかかったとき、交差点の右側から左折をしようと出てきた車に気を取られた。大地が自転車で横断しているのに気づかず、気づいたときは、横断歩道まで12メートルの距離しかなかった。

慌ててブレーキを踏んだものの、間に合わなかったそうだ。

「前をよく見ていなかったということは、携帯で電話をしていたとも考えられますよね？」という私の意見に対して、「携帯電話の履歴は確認しましたが、使用はしていませんでした」と警部補は答えた。

左折で出てきた車を運転していた人は、付近の住民だったのか、反対車線の渋滞が気になり、徒歩で現場を見に来たそうだ。

そこで警察官に乗っていた車の車種と色を聞かれて、加害者の証言と一致したことから、加害者が車に気を取られていたというのは間違いない、ということになった。

それから、この左折で出てきた車のすぐあとに、同じように左折した車の運転手が衝突音を聞いて視線を向けたとき、はね飛ばされた直後の大地を目撃したそうだ。

現場の状況は、アスファルト上にブレーキ痕は確認できず、横断歩道の白線の上にブレーキ痕が残っていた。

加害者の取り調べについては、加害者本人は自分の非を認めて素直に応じていた。

加害者に大地の死を伝えたときには、1時間ほど泣き崩れており、もしかすると自殺するのではないかという懸念もあったという。

釈放のとき、警部補は「責任のある大人としてしっかりと罪の償いをするように」と声を掛けた、と説明してくれた。

加害者に対してどのような刑罰を与えたいか？

という質問に対して私たちは「できる限りの厳罰をお願いします」と伝えた。

さらに、

「人間は弱いので、ここで刑が軽く済むと数年したら忘れてしまい、大した反省もせずにまた同じ過ちを繰り返すかもしれません。加害者はプロの運転手です。一般車両で事故を起こすのとはレベルが違う。運転テクニックがあるのに死亡事故を起こしたということは、自分は事故をしないだろうという慢心があり、歩行者や自転車を思いやるという愛がなかったからだと思います」

と、私の気持ちを調書に記入してもらった。

警部補が調書を印刷するため部屋を出て、しばらくして戻ってきた。

その調書を読み上げてもらい、誤字や言葉に間違いがないか確認し、間違っている箇所をさらに修正して最終確認を行い、調書の作成を終えた。

警部補と私たち3人の間に、大きな仕事を終えた安堵感が漂っていた。

妻も落ち着いていた。

警部補は「私にも同じ年頃の子どもがいますので、心を痛めております。お身体にお気をつけて」と私たちを見送ってくれた。

裁判（大人の言い訳）

県警の警部補から、「検察庁に書類送検したので、今後は検察庁の検事からの連絡を待って対応をよろしくお願いします」と電話があった。

その連絡から検察庁での調書作成までは約半年かかった。

予想外に連絡がなかったので、その間に2回担当の検事さんに問い合わせをした。

検事さんから「順番に処理をしているのでもう少し待ってください」と言われていたので、待つより他はなかった。

そして遂に、調書を作るため検察庁を訪れた。

検事さんから電話をもらったときに、「大地さんがどんなお子さんだったかわかるような家族写真などありましたら持って来てください」と言われていたので、家族４人で写した写真や高校入学式の日の写真など数枚を持って行く。

今回の調書は警察のときとは少し違った。

私たち家族にとって大地がどれほど大切な子どもだったのか、学校でどんなに楽しい生活をしていたのか、大地がいなくなって家族がどれほど悲しみ苦しんでいるか、私たちが加害者にどんな刑罰を望んでいるか……などを検事さんにお伝えしている横で、女性がパソコンに文章として打ち込んでいた。

私の主観だが、警察は事故の状況をありのまま報告する立場にあるため、どちらかに偏らない客観的な調書を作る必要がある。検察は裁判で加害者の刑罰を追求する立場にあるため、裁判官の心象に届くような調書を作る必要があるのではないかと思った。

「大地は我先にと前に出るタイプではなく、人に譲ってあげるタイプでした。かと言って我慢ばかりしているのでもなく、自分が楽しめることを見つけられる子でした。

中学のときは私たちの言うことを受け入れられないときもありましたが、それは反抗などではなく、ごく自然な自己主張で、私たち夫婦は大地の反抗期はないに等しかったと思っています。

中学卒業のときの親への手紙に大地は、どうしてあんなに親の意見を素直に聞けなくなってしまったのだろうと、自分ではどうしようもない心境を綴ってくれていました。そして、私たちが自分の親で幸せだと書いてくれていました。これから夢を叶えるために頑張るのでいつまでも応援してほしいとも書かれていました。

私たちは頼まれなくても応援するし、それが私たちの楽しみでもありました。その大地が今はもういなくなってしまい、毎日毎日大地がいない事実に直面し、怒りと悲しみに暮れています。加害者には最大限の刑事罰を望みます」

と検事さんに伝えた。

それから1ヶ月後、初公判が行われた。

その日の妻はとても出席できる状態ではなく、両親と私の３人で裁判所に行った。

被告側は家族と会社の社長が出席していて、傍聴席の後ろのほうには法文学部の大学生かと思われる若い人たちが座っている。

検察側からの冒頭陳述に対して、被告側は警察の調べに対して反論はなかったが、加害者側から提出された嘆願書について述べていた。

嘆願書には裁判長に宛てて、加害者の処分について寛大な措置のもと減刑を切望致します、という文面とそれを望む人たちの署名があった。

私は署名をした人たちに言いたかった。

今回の事故は、運転手がたまたま横断している大地の発見が遅れて衝突してしまい、大地の命を奪うことになってしまったという程度の問題ではない。もしあなたたちの子どもが、交通ルールを守って横断歩道を通行していたのに命を奪われても、同じことが言えますか？　と。

検察官から被告人へ、今後の運転に対する考えはどうかとの質問に対し、被告人は「できうることなら再度免許を取得して、今度こそ安全運転に努め、お世話になった社長に恩返しをしたい」と述べていた。

その答えに対して、検察官は「被害者側からプロドライバーとしての運転はしないでほしいとの要望があったとしてもですか？」と質問をした。

被告人は一瞬、戸惑ったあと、二度とこのような事故を起こさないよう安全運転をするので許してほしいと思っている、という趣旨のことを述べたように思う。

私の心情としては、通常の運転免許は今後の生活に欠かせないものなので容認できたとしても、プロドライバーとしての運転免許はどうしても許せなかった。

二度と事故を起こさないという確証がどうして得られるのか。

やはり被告人はたまたま前方不注意をしてしまい、こんなことは起こるはずではなかったと思っているのか。

私の中には相手に対する不信感と、プロドライバー以外の働き方があるではないか、彼にプロとして運転する資格を与えてほしくない、という気持ちでいっぱいだった。

その後、原告である私たちの調書を検察官が読んだ。

私たちがどれだけ大地を大切に育ててきたか、どんなに将来を楽しみにしていたか、そして大地は母親への誕生日プレゼントを用意していたのに手渡すことが叶わず、大地の死後にプレゼントを見つけた母親がどんなにつらく悲しい思いだったかを綴った文面を読み上げた。

私は涙が止まらなくなり、ハンカチで顔を覆ったまま検察官の言葉を聞いていた。

この日の公判は終了し、判決の日時が伝えられた。

判決

判決の日、私はどうしても仕事を休めなかったため、私の両親と私の妹に傍聴をお願いして、その日の夜に判決と簡単な報告を聞いた。

禁錮1年4ヶ月、執行猶予2年の判決。

執行猶予がついたことで、実刑になる可能性はほぼなくなった。こうなると禁錮刑が何年であろうと、猶予期間が過ぎれば法律上は許されてしまう。

「大地の命を奪ってしまったのにそれだけですか」という私たちの失望と同時に、民事裁判で無念を晴らすという気持ちが大きくなる。

民事裁判のための弁護士さんを、私の自動車保険会社から紹介してもらった。刑事裁判が行われる前に顔合わせをしていたが、警察の調書は判決後でなければ閲覧できないので、弁護士さんも動けずにいた。

刑事裁判の判決後に、弁護士さんから送られてきた調書のコピーには、加害者の運転していたトラックと、大地の自転車が衝突した瞬間を再現した写真があった。

大地と身長が近い警察官が自転車に乗り、割れたフロントガラスに頭の位置を合わせて撮られた写真である。大地は立ち漕ぎの状態で真横からトラックの運転席の正面に衝突していた。

次のページには、トラックのタコグラフの記録がコピーされていた。

タコグラフとは、円形の記録紙にグラフが印字されたもので、トラックのスピードを記録したものである。

そのグラフの記録では、スピード時速0ｋｍから右肩上がりに加速していき、時速50ｋｍに達したところでグラフは大きく横にズレたあと、一気に時速0ｋｍまで下がっていた。

ブレーキ痕に関してはアスファルト上には見つからず、「横断歩道の白線上に大地の自転車のタイヤ痕とトラックのタイヤ痕があった」と記載されている。

これを読んだ私は、現場の横断歩道に行き、大地の性格から思いつく限りの渡り方をシミュレーションしてみた。

私の出した結論は、大地が一時停止を怠って飛び出しをして、この状況と同じになることが不可能だということだった。

私たちは「大地が一時停止をしていたはずだ」と主張をしたが、横断前の大地を目撃した人はおらず、唯一の目撃証言をしてくれた人も、事故直前の大地を目撃していないと証言していて、私たちも決定的な証拠を提出できなかった。


1年かかった一審の判決は、大地も一時停止義務を怠っていたと判断され、私たちの納得のいくものではなかった。

その後、控訴をして高等裁判所の裁判官3人にかけたものの、一審の判決は変わらず、和解することとなった。1年5ヶ月に渡る民事裁判が終わった。

大地が亡くなってから2年3ヶ月が過ぎていた。

第6章

交流

高校訪問

警察で調書を作成した次の日、大地の通っていた高校へ初めて足を運んだ。

入学式のときは妻が一人で出席したので、私にとっては初めての高校訪問になる。

校長先生と教頭先生、学年主任の先生、担任の先生に警察から聞いた事故の状況を説明した。

私は、横断歩道を渡っていた大地に非はなく、左折しようとしていた車に気を取られていた運転手に大きな過失があると思っている。

だから必ず裁判で相手に非を認めさせて、償いをさせると決意を語った。

私が先生の立場なら、事故を回避するためにもっと自分たちがやれることがあったのではないか？

先生としての責任を感じるのではないだろうか？

そう思えたので、

「大地は交通ルールを守っていたのに命を奪われました。私たちは日々、ベストの選択をしてきたはずです。事故を回避するために何かできることはなかったのだろうかと、非を感じる必要はまったくないと思います」

とお伝えした。


私の言葉で先生も張りつめていたものが少し和らいだように感じた。

そして、今後の経過を知らせていくことを約束し、私は学校をあとにした。

私は大地の中学の入学式以来、大地の通う学校に行くことはなかった。仕事が接客業だったので、土日祝日は基本的には冠婚葬祭以外は休めない雰囲気だった。

そして、見に来てほしいと言わない大地に甘えていたのかもしれない。

そのため、行事には妻が毎回一人で参加をしていた。

私たちの親世代を含め、多くの家庭では、お父さんが学校行事を見に来ることは少なく、私もその一員だった。

今思うと、大地も私が学校に行かないより行ったほうが嬉しかっただろうと思い、後悔していた。

新しい先生との交流

大地の事故から3年半。高校の先生方は職務としての対応だけでなく、良き協力者として私たちに時間を割いてくださった。

事故当時、病院に駆けつけてくれた校長先生や担任の先生。

私たちと一緒に大地の生存を祈りながら控え室で過ごした時間。

号泣する私たちの側で静かに寄り添っていただき、本当に感謝の言葉しかない。

当時の校長先生と担任の先生は翌年の4月に転勤となり、しばらく先生との交流はなく、私たちは静かに暮らしていた。

その年の11月に新しく赴任された担任の先生から電話があり、「一度、大地君のことを聞かせてほしい」と学年主任の先生と一緒に自宅に来られた。

大地の通っていた農業高校は専門の課があるため、大学のように同じ課の生徒は3年間同じクラスで過ごすので、担任の先生も転勤がなければ卒業までおつきあいをすることになる。

初めて自宅に来られたときに、以前からの知り合いのような元気な声で「こんばんはー」と、挨拶されたことは印象深かった。

今回の訪問は、担任の先生が交通安全の授業をすることになり、事前にクラス全員にアンケートを取ったところ、みんなが大地の事故のことを書いていて、「これは大地君のことを知らずにこの子たちに授業をするわけにはいかない」と思われたのがきっかけだそうだ。

私たちは、事故の状況、裁判の経過、大地の友達との交流、大地の撮った写真、大地が作った折り紙など、大地のことをわかってもらおうと一生懸命お伝えした。

先生も涙をこらえながら一生懸命に聞いてくれた。

こうして新たに先生達との交流がスタートした。

後日、交通安全の授業が盛況だったと報告に来ていただき、子どもたちが書いた感想文も見せてもらった。

ヘルメット着用が義務化になってから4ヶ月が過ぎたころだったので、安全意識を持つことの大切さを学んでいる文章を見て、子どもたちは大丈夫だと思えた。

その後、毎年大地の命日ごろには担任の先生が日程調整をし、現校長先生、教頭先生、学年主任の先生、前校長先生が大地に会いに来てくれた。

高校の文化祭で大地の撮った写真を展示することを実現してくれたのも先生方だった。

同級生たちの悲しみ

2016年3月。私たち夫婦は、高校2年生になった大地の同級生がいるクラスに案内された。

この日、ホームルームの時間を使って大地の誕生日を祝ってくれることになり、葬儀のお礼を兼ねて夫婦で学校を訪問した。

妻はまだ精神的に浮き沈みが大きかったので、当日まで訪問できるかどうかわからなかったが、この日は気分も良く、2人で行くことができた。

教室に入ると、大地のクラスメイトが私たちの到着を待ってくれていた。

教室の窓際に目をやると、小さなふなっしーのマスコットが大地の名札をつけて小さな椅子に座っている。

この教室では、ふなっしーのマスコットが大地の代わりにみんなと一緒に過ごしていた。夏休みや冬休みなどの長期の休みのときには、大地の友達が、ふなっしーを家に届けてくれ、休みが終わるころには迎えに来てくれた。

教室でのふなっしーは、日当たりの良い窓際の机の上に気持ち良く陣取っていて、みんなの笑い声を聴きながら一緒に過ごしていた。

私は、お話する時間をいただいて教壇に立った。そして、葬儀のお礼を述べた。

「葬儀のときに話したように、その後、笑って過ごせていますか？」

すると、子どもたちは口をつぐんだ。誰も手を挙げることがなかった。

私はこのときは「なぜだろうか？　手を挙げれば先生に不謹慎と思われるからだろうか？」と不思議に思っていた。


この日、私は『ミディアムからお母さんへ　だいちさんからのメッセージ』というメールをコピーして持って来ていた。

「ミディアム」とは、死者の魂と会話する能力のある人のことで、これは妻が大地の死後、もう一度大地と話をしたいと、インターネットで検索して見つけたアメリカ人の女性だった。

メッセージが送られて来たのは、この誕生日会のちょうど1年前の同日だった。今考えると、日付は偶然ではないように思えた。

ミディアムからお母さんへ　だいちさんからのメッセージ

わたなべだいちさんのご家族の方。

だいちさんとコミュニケーションをするには長い時間がかかりました。お待ちいただき、ありがとうございます。

何度かコミュニケーションを試みましたが、うまくいきませんでした。今日出てくることに決めたのがよくわかりました。

明日はだいちさんの誕生日なのですね。


だいちさんのエネルギーにつながると、魂の驚くべき輝きに圧倒されました。

だいちさんの明るさを見るためにサングラスが必要かもしれないと感じたくらいでした。

美しい、輝くスピリットです。特別なあたたかいオーラを持っていて、今はあたたかく輝くスピリットになっています。

受け取ったメッセージは、

「家族のみんなに会えなくてどんなに寂しいか言葉にできません。みんなの空虚さ、僕がいなくなってできた穴を感じています。僕がいなくなってから、みんなの世界が少し静寂になったと思います。

子どものころ、僕がどんなに特別かをお母さんは伝えてくれました。僕が必要とするものを与え、愛してくれました。僕がいなくなってから、家族のみんなは悲しみに暮れたと思います。

体を出たとき、強く引っ張られる感覚がありました。痛みはありませんでした。それは忘れないでください。みんなと過ごした人生で知っていたこと、そこを出て行くことは変な感じでした。僕はとどまりたいときもありましたし、タイミングでもう出て行きたいというときもありました。

地球で長く生きることはなかったと思います。あなたが僕の母、家族であることをハッピーですし、愛してくれたこと、世話をしてくれたことにも感謝しています。僕はあなたのところを頻繁に訪問しています。誰もいないのに腕を触られたとか、そよ風を顔に感じたら、僕です。

この現実で僕は元気にしています。多くのスピリットの友人たちもいます。とても好かれ、ここは楽しく、素晴らしところです。みんなとは一緒ではないですが。心配をしないでください。またいつか会えます。幸せに、そして悲しまないでください。もっと笑って、人生を楽しむ姿を見ることが、僕にとってベストなことです。悲しみを感じていると、僕はあなたのところを訪問しにくいのです。ポピー（何かの名前か花？）を懐かしく思います。僕の部屋、おもちゃも懐かしく思いますが、ここで必要なものはすべて持っています。みんなに僕からよろしく、そして愛を伝えて下さい。僕には最高の家族でした。

雨の日、あなたの声が聞きやすくなります。太陽が輝いていると、歯を見せてニコニコしている僕が微笑んでいると思ってください。

僕の誕生日を祝ってください。一緒にいます。歌い、笑い、みんなとの良き事すべてを思い出します。


愛をこめて、息子のだいちより」


このメッセージを受け取ったあと、今あなたにこのメッセージを伝えることへのあたたかい感謝の念を感じました。

やっとだいちさんとコミュニケーションができました。

私は彼が特別な子であり、あなたも寂しく思っていると感じました。

彼のスピリットも魂も生き続け、幸せな場所にいることを知ってください。

あなたのところへときにやってきて、彼の幸せを渡してくれます。時に訪問することと、忘れないでと言っています。

私が見えたのは、あなたが彼のもの、多分、彼が楽しんでいた木のおもちゃと本を大切にしていることをうれしく思っているということです。

このメッセージがあなたに新しい理解と平和を与えられたらと願っています。

祝福を

ミディアム

私はこのメッセージに大変救われたので、傷ついた子どもたちにも聞いてもらいたいと思った。

みんながふなっしーを大地として教室に置いてくれていることは、悲しみの心の穴を埋める方法としてだけではなく、大地が一緒に過ごし、みんなと一緒に笑っているんだということを知ってもらいたかった。

私の話が終わり、まだ時間があったので、担任の先生が妻に「お母さんももしお話ができるのであれば」と促して、妻も教壇に立つことになった。

妻は大地との楽しかったエピソードを話した。

なかなかお風呂に入らない大地のお尻をペンペンたたいて入らせたこと。

貧乏ゆすりをする度に大地の足をつかんで止めたこと。

大地が小さいときは、脇腹をくすぐると笑い転げてされるがままだったのに、高校生になった大地をくすぐると、頭を掴まれて投げ飛ばされるという逆襲にあったことなどを妻は話した。

妻は「みんなの成長した姿を見ると、大地の成長を見ることができなくなった悲しみが大きくなると思ったが、今はみんなのことがとても可愛く思えて、良い時間を過ごさせてもらったことに感謝の気持ちでいっぱいです」と伝えた。

話が終わったあと、みんなが大地にハッピーバースデーを歌ってくれて、大地の17回目の誕生日会を終えた。

後日、担任の先生が、生徒たち一人ひとりが書いたお礼状を持って来てくれた。

その中に、棺の中に横たわる大地を見たときに、「人は本当に死んでしまうんだという現実を目の当たりにして、生きるのがとても怖かった」と書いている子がいた。

私が教室でみんなに「笑って過ごせていますか？」と質問したときに、手を挙げなかった理由がこのとき初めてわかった。

みんな私が思った以上に傷ついていたのだと、そのとき知った。

「大地が学校から帰るときに『大地バイバイ』と声をかけたのが最後になってしまった」と書いていた子がいた。

「もしも、そのときに呼び止めてもう少し話をしていたら、大地は事故に遭わなかったかもしれないと考えていて、とてもつらかった」という文面もあった。

事故の直前に大地と別れた3人の友達にはお話しする機会があったので「これは運転手の過失による事故だから、もう少し早く帰っていればとか、もう少し長く引き止めておけばとかは考えなくてもいいよ」と伝えていたが、他にも悔やんでいる子がいたことも初めて知った。

私はクラスメイトの死に直面したことがなかったので、クラスのみんながどれだけ心に傷を負っていたのかを知り、加害者に対して言えるものなら、「この子たち一人ひとりにも頭を下げて謝れ！」と言ってやりたい、腹立たしい気持ちでいっぱいになった。

次男の個人懇談

初めて高校訪問した次の日は、次男が通う小学校の個人懇談だった。

妻は事故以来、人に会うのがつらく塞ぎがちだったので、小学校にも私が行くことにした。

大地が小学校のときは、まだ私も授業参観や運動会に時々参加していた。校庭に入ったときから、廊下や教室に大地が通っていたときの記憶を知らず知らずのうちに探していた。

廊下を歩くと、中間地点に半円形の図書スペースがある。

数年前に授業参観へ来たとき、この場所に大地がいたことがあったことを懐かしく思い出す。

次男の教室に着き、教室の廊下に並べられた椅子に座り、順番を待った。

私の順番になり、「どうぞこちらへ」と、先生が教室の真ん中にある向かい合わせの席に案内してくれた。

次男は葬儀の数日後から通学していた。

先生から、学校内での次男の様子を聞かせていただいた。次男は、普段も大地とのエピソードをクラスメイトに話していたようだ。

大地はおばあちゃんが作ったビーズのブレスレットが好きで、出かけるときには必ず腕につけていた。

次男はそのブレスレットを学校に着けていき、先生に「お兄ちゃんの形見なのでつけていていいですか？」とお願いしたそうだ。

友達も次男のことを気遣って、ブレスレットをつけてくる理由をみんなが理解して、受け入れているということを教えてくれた。


私は、話しながら窓のほうに目をやった。

その方向に事故現場がある。

また私の脳裏に、自転車に乗った大地が蘇える。

2週間前に大地は生きてそこを通っていたはずなのに。

大地のことを思い出して涙が出そうになった。


先生は大地と面識はないが、この小学校の卒業生の若い命が奪われたことに心を痛め、涙をぬぐいながら話を聞いてくれた。

次男は、今は事故前と変わりなく過ごしているが、今後どのような形で心の傷が広がっていくかわからないので、お互いに気になるところがあれば連絡すると確認をして、私は教室をあとにした。

第7章

子どもたちの命を守りたい

ヘルメット着用義務化

大地が亡くなってから数ヶ月後のこと。大地の通っていた高校の校長先生から電話があった。

今後、愛媛県内の県立高校で自転車通学をする場合、ヘルメット着用が義務化になることが決定した知らせだった。

当時、私はヘルメット義務化についてあまり喜んでいなかった。

大地が亡くなったのはヘルメットをかぶっていなかったからではなく、運転手がプロのドライバーでありながら慢心運転をしていたことが原因だと思っており、考え直さなければならないのは車を運転している大人のほうであって、子どもに負担をかけるやり方がどうしても素直には受け入れられなかったからだ。

大地が亡くなってから半年後の２０１５年7月。県立高校でのヘルメット着用義務化が施行された。

新聞を読むと、2014年に愛媛県内で2人の高校生がトラックと衝突する事故により、頭を打ったことが原因で亡くなった。保護者からの要望が高まり、関係機関が話し合いを行った結果、県下の県立高校で、ヘルメットを着用することを自転車通学の許可条件とすることが決定されたと記載されていた。

つまり、ヘルメットを着用しなければ、自転車での通学を許可しません、ということである。

この亡くなった2人の高校生のうち、2人目が大地だった。

それからの朝夕、ヘルメットをかぶって通学している高校生の姿が日常の風景になった。

私は、毎朝複雑な気持ちでこの光景を見ていた。

もし私が高校生で、突然ヘルメット着用と言われても、素直にかぶることができただろうか。

私の高校時代は校則に制帽着用が決められていたので、自転車通学時には制帽をかぶって登校していた。

高校時代は髪型を気にしていて、学校から離れた場所では制帽をかぶらずに登校していた。そんなとき、よく先生に見つかり、廊下で正座をさせられるということを幾度となく繰り返していた。

それを思い出しては、

「みんなヘルメットをかぶるのは嫌だろうなぁ。ごめんな」

「自動車に乗った大人がみんなの命を守るように安全運転をしていれば、ヘルメットなどかぶらなくても良かったはずなのに」

と心の中で思っていた。

しかし、それから半年が過ぎたころ、2つの出来事により私の考えが大きく変わった。

着用の必要性を感じた2つの事故

考えが変わった2つの出来事のうちの1つ目は、早朝の通学途中に女子高校生が自動車にはねられた事故である。

女子高校生はヘルメットをかぶっていたにもかかわらず、意識不明の重体。「自動車は逃走している」と報道された。

後に、運転をしていた女性が逮捕された。

警察の調べで、この女性は飲酒して運転した上に赤信号を無視して、横断歩道を横断中の女子高校生をはね、救護措置を取らずに逃走していた。

車は助手席に乗っていた男性のものだったため「男性が運転していて事故を起こした」と嘘の供述までするという、前代未聞の悪質な事故であった。

女子高校生は20日間意識不明の状態が続いたが、奇跡的に回復してリハビリをしていると聞いた。

医療機器につながれて病院のベッドに横たわる子どもを、20日もの間、寄り添っていたご家族のつらさは筆舌に尽くし難い。

この事故からしばらく経ったころ、担任の先生が1枚のコピーを持ってきてくれた。

事故に遭った女子高校生の祖母が新聞に投稿をしたもので、「孫の命を救ったヘルメット」と題されていた。

内容は、孫娘が交通事故に遭い意識不明の重体だったが、前年から配布されたヘルメットが命を救ってくれたというものだった。

この記事を見たとき、私たち夫婦はとても嬉しく思った。


2つ目の事故は、大地のクラスメイトだった女子生徒である。

自動車と出会い頭にぶつかり、フロントガラスと道路に頭を打ちつけたが、ヘルメットが衝撃を吸収し大事に至らなかった。

私が学校を訪れたときに彼女と話をしたのだが、「足が少し痛むけれど大丈夫です」と笑顔で答えてくれた。

もしもヘルメットを着用していなければ、この2人は今どうなっていただろうか。

考えると、恐ろしくてとても言葉にならない。


大地が亡くなったときの高校の校長先生が転勤したあと、転勤先の高校に今までのお礼も兼ねて会いに行ったとき、ヘルメット着用義務化となってから1年半が過ぎていた。

　この高校でも着用率が当初より少し落ちていたそうで、校長先生は大地の死に立ち会った経験から、「生徒の命が守れるのであれば、私は叱ってでも着用させる」とおっしゃっていた。


　この言葉を聞いたとき、ヘルメットに命を守られたという報告を聞いたとき、義務化は必要なことだったと痛切に感じることができた。

　もしも未だにヘルメット着用になっていなければ、どれだけの子どもたちが命を落とし、どれだけの子どもたちが重い後遺症で苦しんでいただろうか。

　義務化当初は、遠方に住んでいると思われる人がネット上で、義務化には疑問点があると批判をしている記事も見かけた。

　その人が愛媛県に在住していて、大地の事故を知り、着用義務化議論をしていたことも知っている人なら内容を熟考するが、まったく何も知らない上に、遠くの場所から書いた自己満足的な文章に価値は感じられない。

　義務化は、「明日の子どもたちの命を守りたい」という大人たちの思いが形になったものだと思う。

今はこの行動に報いるため、私の立場でできることを行い、今度こそ車を運転する大人たちが子どもたちの命を守るという、本来の世の中になるよう訴えていこうと思っている。

全国の各都道府県でもヘルメット着用の議論をしているところがある。

今まさにこの本を読んでいるあなたが各都道府県の御担当者なら、一度、愛媛県に足を運び、子どもたちがヘルメットを着用して通学している姿を間近に見ていただきたい。

議論を長引かせている間に大切な子どもの命が失われてはいけない。

お金は人のためになることに使うべきではないだろうか。

子どもたちの命を守るということは、大人の幸せにもつながる行動ではないかと私は思うからだ。

子どもたちの命を守りたい

私たちが15年間、大切に育ててきた大地の命はたった1日で失われてしまった。

その後も、全国ニュースになるほどの悲惨な交通事故はあとを絶たない。

私たちと同じように事故で子どもを亡くすような経験をしなくてもいい方法はないのか？

今生きている子どもたちが、この先も安全にイキイキと暮らしていく方法はないのか？

大地を亡くしてから、私は毎日そんなことを考えるようになった。

事故が起こってからの罰則を厳しくするのも、１つの方法かもしれない。

しかし、私は明日の子どもの命を守りたいし、早急に事故を減らしたいと思っている。

もちろん毎日恐怖を抱いて生活することはおすすめしない。
しかし、人は日々の安全をないがしろにしたり怠っていると、取り返しのつかない事故を起こす可能性があるのだ。

私が話した2つの未来

2018年5月に、運転免許センターで私が作成した動画の上映開始式があり、私は「2つの未来」というテーマでこんな挨拶をさせていただいた。

私が心の中でイメージしている未来を、2つのストーリーにした。

1つ目は、「望まない未来」のイメージ。

おじいちゃんになった私は、横断歩道を渡ろうとしていた。
いつまで経っても車は止まってくれないし、スピードも落とす気配はない。
そのお陰で横断歩道をなかなか渡ることができない。

運転手は、大人になった今の子どもたち。運転手は私に言った。

「私たちが子どものとき、車は止まってはくれなかった。そのときの運転手と同じことをしているだけ。大人が先に反省するべきでしょ。自分の身は自分で守るべきではないですか？」

これに対して私は、反論することができなかった。

2つ目は、「私が目指したい未来」のストーリー。

おじいちゃんになった私は、横断歩道を渡ろうとしていた。

私に気づいた車はすぐに止まってくれた。

さらに、一緒に渡ってくれた人が手を上げ、反対車線の車に合図を送ってくれた。この人たちは、大人になった今の子どもたち。

この運転手や、一緒に渡ってくれた人は、私に言った。

「私たちが子どものとき、車を運転している大人はみんな親切で、私たちの命を守ってくれた。私たちもそんなカッコいい大人になろうと思ったので、このくらいのことは当たり前。お互いの命をお互いが守りましょう」

私はこんな将来を目指して、大人が子どもの命を守れる未来にしていきたいと思っています。

そんな挨拶をさせていただいた。


これまで経済を発展させるため、コスト削減、時間短縮などに異常なまでの心血を注いできた。

そうすることによって経済が潤い、幸せになると信じて走り続けてきた。

その情熱や信念は、ある側面では力を発揮し、経済を発展させた。


しかし、ある側面ではどうだろうか?

交通事故で失われる命が増えたり、画一的な教育で行き場を失った子どもたちが、自ら命を絶ったりしていることも忘れてはいけない。

私たちが将来、年老いて、車も乗れなくなり、働けなくなったとき、支えてくれるのは誰なのか?　今一度、考えてみてほしい。

私たちの未来を支えてくれる今の子どもたち。

私たちがその子どもたちの命を奪ってしまうことは、絶対に避けなければならない。

みんなが安全に暮らすことができる世の中、そして、子どもたちの笑い声が響き渡る世の中を作りたい。

それが私の行動の原動力になっている。

このままではいけない！　信号機のない横断歩道

そもそも、なぜ信号のない横断歩道が存在するのか？

理由を県警の方にお聞きしたところ、「道交法、安全性、交通量、信号機取りつけ工事が可能か、予算がどれくらいかかるかなど、あらゆる基準をクリアして初めて信号機の設置に至る」ということだった。

優先順位の高いところから限られた予算を使っていくため、交通量の少ないところには信号機をつけるのは難しい。

そのため、信号機のない横断歩道が存在していて、横断歩道を歩行者が安全に渡れるようにするために、自動車の運転手には「歩行者の横断を妨げてはいけない」という義務がある。

私は運転手がこの義務を守ることを徹底すれば、事故は防げると思っていた。「思っていた」と過去形になっているのは、今は運転手がこの義務を守るという思いだけでは事故が防げないかもしれないと思っているからである。

大地の事故から約3年半。私は加害者に対して過失を追求するため、そして大地に報いるため、今まで以上に運転に気を配り、信号のない横断歩道は歩行者がいれば必ず停止すると誓って運転してきた。

しかし、納得のいく結果を出すことはできなかった。

私の個人的な体感では、歩行者に横断歩道を渡らせてあげることができたのは約60%、安全に渡らせてあげることができたのは50%を下回っている。

私は悩んだ。なぜ止まれなかったのだろうか？

私の能力が低いのだろうか？

止まることができなかったたびに、反省をしていた。

その反省の中で、「人間の意識だけでは安全は守れないのではないか」と思うようになってきた。

止まることができなかった理由を5つ挙げてみた。

1. 横断歩道に気づくのが遅れた
2. 歩行者がいることに気づくのが遅れた
3. 歩行者に気づいて減速したが、なかなか歩行者が横断しなかった
4. 反対車線の車が止まらないため歩行者が横断できない
5. 歩行者が渡ってくれない

大まかにはこの5つのパターンがあり、何ともやるせない思いがあとに残ってしまったのだ。

さらに、それぞれのパターンごとの問題点を考えてみる。

1. 横断歩道に気づくのが遅れた

急ブレーキになりそう

↓

後ろから追突されるかもしれない

↓

ごめんなさい、止まれませんでした

このとき、なぜ横断道に気づくのが遅れたのか？

それは状況によって様々である。

横断歩道や直前のひし形（ダイヤ）マークが消えかかっていて見えない。

横断歩道の標識が街路樹の陰に隠れていて見えない。

看板のほうが目を引くため横断歩道標識に目が行かなかった。

前の車や反対車線の車に標識が隠れていて見えなかった。

片側2車線の交通量の多い道路で、信号のない横断歩道があるとは思わなかった。状況や思い込みによって、横断歩道自体を見逃してしまうことがある。

2．歩行者がいることに気づくのが遅れた

急ブレーキを踏む
←
後ろの車に追突されそうになる
←
停止したが、非常に危険な状態だった

このとき、なぜ歩行者に気づくのが遅れたのか？

歩行者が手を上げていないので、渡らないと思っていた。

左側を気にしていたところ、右側から歩行者が横断歩道を渡って来ていた。

片側二車線の道路で右側から来る歩行者が、追い越し車線の車の死角に入り発見が遅れた。


歩行者の行動やタイミングによって、死角になっていたり、発見が遅れたりする。

3．歩行者に気づいて減速したが、なかなか歩行者が横断しなかった

歩行者に気づいた

←減速する

←歩行者が横断歩道を渡ろうとしない

←ヘッドライトでパッシングする

←やっと歩行者が渡り始める

車の減速量が少ない場合、歩行者から見ると止まるかどうかがわからない。フロントガラスに紫外線カットが入っている場合、歩行者から運転手の目線や表情が確認できなくて、以前のようにアイ・コンタクトがとれなくなった。車が減速しても、歩行者側からは本当に止まってくれるか心配でなかなか渡

り始めることができない。

4．反対車線の車が止まらないため歩行者が横断できない

歩行者に気づいた
←停止線で停止した
←歩行者が渡り始める
←反対車線の車が止まらない
←歩行者が道の真ん中で立ち往生
←歩行者が強引に足を進めてやっと反対車線の車が止まる

こちらの車線からは歩行者が見えているが、反対車線からは歩行者が見えていないときがある。

直進運転しているとき、左側にはよく注意しているが、右側の注意が不足している。

こちらはルールを守って歩行者を横断させてあげたのに、もしも反対車線で車にはねられるという事態になったらと考えると非常に怖い。

5．歩行者が渡ってくれない

歩行者に気づいた
←
停止線で停止した
←
歩行者が渡らない
←
車を走らせた

↓車が通過したあとに渡っていた

年配の方など、自分が歩くのが遅いと認識している方は、恐らく反対車線の車が止まるかどうかわからない状況が不安で、左右の車の通行がなくなるまで待ってから渡る、と決めている人もいるのではないかと思われる。

このように、信号のない横断歩道は危険がたくさんあり、私は胸を張って子どもたちに「横断歩道を渡りなさい」と言うことができなくなった。

大地も安全であるはずの横断歩道を渡っていて命を落とした。

これは子どもたちにとっては罠にかけられるようなものではないかと思い始めたのだ。

では、どうすればいいのか？

どうしたら子どもたちの命を守れるのか？

私は車に乗ったときや、事故のニュースを聞くたびに考えていた。

ハザードランプコミュニケーション

ある夏の日、私は県警のパトカーの後ろを走っていた。

すると、突然パトカーがハザードランプを点灯して止まった。

何かあったのかと思い、私も停止したところ、信号のない横断歩道を歩行者が渡り始めた。反対車線の車も、気がついて停止していた。

　そのとき、非常に安全な環境が作られて歩行者が横断することができたのだ。

私は「これだ、これならコストをかけずに子どもたちの安全性を高めることができる」と思った。

理由は次の4つになる。

1．歩行者は自動車のハザードランプの点灯と車の減速により、この車の運転手が「どうぞ横断してください」という意思があると受け取り、安心して横断し始める。

2．後続車は横断歩道と歩行者が見えなくても、前方の車が停止しながら後続車にも注意を促してくれていることに気づき、安全に停止することができる。

3．ハザードランプは反対車線の車側からも視認できるので、反対車線の車にも注意の合図を送れる。

4．ハザードランプが自動車に対する赤信号の役割を果たしている。

これで安全に歩行者が横断できる確率が70％くらいに上がるかもしれない。

早速、私もハザードランプを点灯し始めたが、すぐに次の問題点が現れた。

「ハザードランプのボタンが手元から遠く、安全な停止にもう一歩及ばない！」

私の車のハザードランプはセンターパネルに付いていて、瞬時に点灯しようとするとワンテンポ遅れてしまう。それは、通常の運転姿勢から左手をハンドルから離して伸ばさなければ押せないこと、ハンドルから左手を離すことで体制が不安定になり、安全停止とは言えない状態になるのだ。

何か良い方法はないかと考えて思いついたのは、右手の人差し指で押せるところ、「そうだウインカーのレバーの先端にボタンがあれば、人差し指で瞬時にハザードランプを点灯することができる。しかも視線を前方に向けたまま押せる」

ここまでが私のアイデアになる。

ハザードランプは、信号のない横断歩道での停止時を想定して設置されたものではない。現状ではスピードを抑えて、余裕のある運転をした上で活用をしていただきたい。

このハザードランプ活用の有効性が高まれば、自動車メーカーにはハザードランプボタンを手元にもう1つ追加した車を発売していただきたいと思っている。

もしも、この本を読んでいるあなたが自動車メーカーにお勤めで、ハザードランプコミュニケーションに賛同していただけるなら、ぜひとも車に装備できるように考えていただきたいと思っている。

第７章　子どもたちの命を守りたい

最後に

私がこの本を出版しようと思ったのは、長男大地の交通死亡事故の民事裁判をしているころでした。

相手側の弁護人は、加害者を守るためにあらゆる推測を立てて大地の行動に非があったと主張してきました。

弁護人の主張は「大地の行動のせいで加害者は大地をはねてしまったので、加害者の過失は少ない」と言っているように聞こえました。

私は横断歩道を渡っている高校生を死亡させてもなお、大人の都合を通す社会なのかと怒りに震え、夜も眠れない日々を過ごし、加害者や弁護人を非難しようと考えました。

しかし裁判も終わり、時間が過ぎてくると、怒りが自分の身体を攻撃し始めたようで、私の心と身体のバランスが崩れ始めました。

私の怒りは、それでも静まりませんでした。

大地を亡くして、ぽっかり空いた心の穴をどんなふうに埋めればいいのか。

今後どう生きていけばいいのか。途方に暮れました。

そんなとき、怒りのエネルギーを良いものに変換して、世の中に役立つことに使えないかと考え始めるようになったのです。

私は本を出版して、この出来事を正直にお伝えし、皆さんにこの問題を考えてもらおうと考えました。

この本を出版することで、子どもたちが安全な生活を送れるような社会にして、子どもたちの命を守りたい……いつしかそんなふうに考え始めるようになったのです。


交通事故の加害者は、誰でもなり得ることです。

交通事故が起こるとその後どうなるのかを、この本でお伝えしました。事故を起こさないように一人ひとりが手の届く範囲で行動することにより、日本中で子どもたちの命が守られることを心から願っています。

２０１９年5月 渡邉明弘

お母さんより

2014年12月のとても風の強い日、大地は交通事故で亡くなりました。

こんなにつらく、悲しく、苦しいことはありませんでした。


けれども、私にとって、大地と過ごせた15年は本当に幸せでした。

生まれて来た日、世の中にこんなに可愛い生き物がいるんだと感動し、お母さんになれた喜びで胸がいっぱいになりました。

誕生の瞬間から大地の成長のあれこれを主人と一喜一憂してきました。


思い出すのは、大地は手先が器用で、折り紙やプラモデルなどをとても上手に作り、私が感心したときに見せる少し自慢げな笑顔。

「写真を撮りに行く」とカメラを携えて嬉しそうに出かける姿。

カメラ関連の小物をワクワクしながらネット注文している姿。

ご飯をおいしそうに食べてる顔。

そして、うちの中でふいに私と目が合うと、細い目をまんまるく大きくしたあとで、私に決まって言う台詞は「母ちゃん、おなかすいた！」でした。

今、振り返ると夢のような時間でした。

大地と一緒にいっぱい笑いました。


大地が亡くなったあと、クローゼットに隠してあった、折り紙で作った薔薇の花束を見つけたときは、胸が張り裂けそうになり、色々な感情があふれて涙が止まりませんでした。

それはとても素敵な花束で、最高の誕生日プレゼントでした。

いつか大地に会えたら「ありがとう！　めちゃくちゃ上手にできてるよー。大ちゃんは母ちゃんを泣かすよねー」って言いながら抱きついて、頭をわしゃわしゃ撫でたいと思っています。

最後に、私からのお願いです。

世の中に安全運転をする車があふれますように。

大地の写真たち

小学校５年生のときに「写真」と出逢った大地さん。
「大地の一歩目」と名づけられたフォルダーは、通算30歩にも及びます。
その中から、厳選した写真たちを選びました。（編集部）

興居島で撮った振り返るねこ

松山の港から渡し船で行ける「興居島」へ行ったときに撮った一枚。釣り好きの同級生が釣りをしている傍らで、散歩をしている大地さんがふと見つけた光景だそうです。

学校帰りに海辺で撮った沈む夕陽

シンメトリーが美しい瀬戸内海の夕日。学校からちょっと遠回りして帰ったときに撮ったそうです。愛媛県は「道の駅ふたみ」の夕日が有名ですが、こちらも負けていません。

写真部の展示作品「さざなみ」

写真部の展示会で出品した一枚。写真をやっているお祖父さんを「これはなかなか撮れない構図」と唸らせました。技術的に、ここにピントを合わせるのは難しいのだとか。

松山城で撮った桜

春休み。一足早く咲いた桜の向こうに名城・松山城の石垣が見えます。次男さんの能楽の発表会を観に行ったときに撮影したのだとか。大地さんはいつもカメラを下げていました。

中学３年の時に撮った出会い大橋

初めて買ったデジカメで撮った「出会い大橋」は、地元のシンボルのひとつ。カメラを手に入れて、思わず何かを撮りたくなった大地さんの逸る気持ちが伝わってきます。

写真部の展示作品「抜身」

夏祭りで撮影した一枚。実は生きた幼虫です。大地さんは
迷いのない性格だったそうで、だから撮れたのかも？
それにしても、よくこの瞬間に出会えたものだと思います。

近所に飛んでくる「コサギ」

重信川の近くには鷺がたくさんいます。何気ない一枚のようですが、電線にとまる鷺にカメラがよく寄れていますし、ピントもピッタリ。ブレずに寄るのはなかなか難しいそうです。

湖面に映る雲と青空

大地さんが写真と出逢うきっかけになった「子どもの城」。その裏手にある湖面での一枚。湖面に映る青空はとても抜けが良く、見る者に静寂と癒しを与えてくれます。

マンションの階段で撮った夕焼け

マンションの階段の踊り場が、絶景の撮影スポットだったのだとか。「夕日を撮りに行ってくる！」と出て行って10分で戻ってきたそうです。ずっと狙っていたショットだったのかな？

子供のすずめ

どこにでもある日常の一枚。でも、お父さんの明弘さん曰く、「背中から振り返る瞬間を単写で狙ったのがすごい！」とのこと。確かに、スズメってすばしっこいですからね。

母と弟と３人で行った夕暮れ時の松山城

松山城は、お母さんの思い出の場所でもあるのだとか。シャッターチャンスを見つけようとしている大地さんと、元気に坂道を昇っていく次男さん。そんな日々がよみがえる一枚です。

学校の帰りに立ち寄った浜辺に咲いていた「ハマヒルガオ」

花も好きだった大地さん。沈む夕日の海岸での一枚。通っていた農業高校の畑には、花を植えているところもあったのだとか。他にも、花の写真はたくさん残っているそうです。

近所で撮ったセキレイ

松山では、セキレイはスズメよりもよく見かけるのだとか。被写体の定番なのでしょう。ぴょこぴょこと動いている様子が伝わってくる、躍動感を感じさせる一枚です。

高校近くの公園にいるねこ

学校帰りの公園に住みついていた猫。大地さんたちがおしゃべりをしている近くで、警戒心なしに気持ちよく寝ている顔が、なんとも穏やかな日常を感じさせてくれます。

渡邉明弘（わたなべ　あきひろ）

2014年12月。当時、高校１年生だった長男の大地さんを交通事故にて亡くす。その後、刑事・民事裁判を３年間経験。サラリーマンとして仕事をし、一家の大黒柱として働く傍ら、自らの経験を公開して、今生きている子どもたちの命を守るために活動している。（編集部）

著者ブログ
『大地の花束 』交通事故で亡くなった大地が私たちに残してくれた贈り物
https://ameblo.jp/amedas4/

大地《だいち》の花束《はなたば》

2019年5月30日　初版第１刷

著者：渡邉明弘

発行人：松崎義行
発行：みらいパブリッシング
〒166-0003 東京都杉並区高円寺南 4-26-5 YS ビル３F
TEL03-5913-8611　FAX03-5913-8011
企画協力：Jディスカヴァー
編集：廣田祥吾
編集協力：岡田淑永
表紙絵：上村奈央
ブックデザイン：堀川さゆり
発売：星雲社
〒112-0005 東京都文京区水道 1-3-30
TEL03-3868-3275　FAX03-3868-6588
印刷・製本　株式会社上野印刷所

ISBN978-4-434-26074-2 C0095
JASRAC 出 1904941-901